Antonia C. Wesseling

Die Nachtsänger

Informationen zur Autorin:
Facebook/ Antonia C. Wesseling
Youtube: booklove Toni
www.platz-fuer-leseratten.de

ISBN-13: 978-1536907063
ISBN-10: 1536907065

Informationen:
Dieter Paul Rudolph
Gänshornstr. 5
66440 Blieskastel

Für Ronald und Elvis,
ich werde Euch immer lieben.

Prolog

Es regnete dicke Wassertropfen, als die hagere Frau Unterschlupf suchte. Der Nachthimmel sah wie gezeichnet aus. So gleichmäßig, so schwarz. Die Sterne jedoch funkelten um die Wette, als hätte sie jemand mit dem schönsten Glanz übergossen, der noch von Weihnachten übrig geblieben war. Die Frau stand schon eine ganze Weile einfach nur dort, blickte auf die Straße. Es wirkte, als würde sie auf irgendetwas warten.

Nachdem sie aus einigen Hausfluren gejagt worden war, stellte sie sich in den kleinen Tunnel, der zu der Einkaufsstraße hinaufführte. Als die Menschen in ihren Häusern verschwanden, war es so leise, dass man die Frau weinen hören konnte.

Es war ein leises, klägliches Schluchzen, in den Ohren eines menschlichen Wesens kaum zu vernehmen. Nur manchen Tieren war es möglich, die Trauer der Frau zu hören.

Nachts trieben sich hier schließlich die unheimlichsten Menschen aus dem Nirgendwo herum. Es war keine besonders gute Wohngegend. Man erzählte sich furchtbare Geschichten von dunklen Gestalten, die Drogen nahmen, rauchten, tranken und Passanten anpöbelten. Eltern ließen ihre Kinder nie auf die Straße, der Spielplatz lag einsam und verloren hinter der Kirche, der Sand war voller Zigarettenstummel und Bierflaschen. Und auf dem Sitz der Schaukel klebten zwischen den vielen hingeschmierten Sprüchen Kaugummis. Irgendwann, niemand wusste später, wie viel Uhr es war, hörte man Schritte.

Das Pflaster war erschrocken über den späten Schritt. Erst sah sie ihn nur von hinten, doch dann drehte er sich zu ihr um und lächelte seltsam. Der Mond erleuchtete sein blasses Gesicht und seinen langen, dicken Mantel, der schon auf den ersten Blick den Mann aus gutem Hause verriet.

Die junge Frau vergrub die knochigen Finger in ihrem Kittel, ließ die zerzausten Haare über die Schulter fallen und schaute in die dunklen Augen des Herrn. Ein jeder konnte die Furcht in ihrem Gesicht erkennen, ihre Haut war makellos, die Wangen von der Kälte gefroren. Sie war kein unbeschriebenes Blatt hier in der Umgebung. Man kannte sie von früher. Sie wollten der Frau eine Chance geben. Schließlich war für sie auch nicht alles so leicht gewesen. Das Leben hatte sie einiges gekostet.

Ihre Stimme war schwach und leise, so als fürchtete sie deren Wirkung. »Was willst du, Fremder?«, fragte sie.

»Ich möchte Ihnen ein Angebot machen«, sprach er und nahm sie mit sich.

Realitätsträume

Hast du schon mal von etwas geträumt, das dir so wirklich vorkam, dass du am nächsten Morgen nicht wusstest, ob es tatsächlich passiert ist oder nicht? Eine Lehrerin hatte uns, wir waren noch Kinder, kurz vor dem Schlafengehen einmal eine Geschichte vorgelesen, als wir in der Schule übernachteten. Wir lagen alle in unsere Decken gehüllt und lauschten ihrer warmen Stimme. Die Geschichte handelte von einer kleinen weißen Katze mit der Fähigkeit, all jene Menschen, die in ihrem Leben Gutes geleistet hatten, zu heilen. In der folgenden Nacht suchte mich zum ersten Mal dieser Realitätstraum heim, so nenne ich sie. Ich finde, dass sie oft eine Zuflucht aus dem Leben sein können, wenn es einem schlecht geht und man einfach nur raus muss aus dem Alltag.

Zum Beispiel wenn man die letzte Mathearbeit verhauen oder der Junge aus dem Biokurs einem einen Liebesbrief geschrieben hat und man nicht weiß, was man davon halten soll. Nicht, dass ich solche Probleme hätte, nein. Ich war ziemlich gut in Mathe und die Jungs in unserer Stufe ... nein, das wirklich absurd ... Jedenfalls hatte ich in dieser Nacht wieder einen Realitätstraum. Er handelte von einem Schatten, der mich durch die ganze Stadt verfolgte. Ich musste mich schütteln.

»Liz, kommst du?« Das war Mama. Wir waren an diesem Morgen ungewöhnlich spät dran, obwohl ich mir den Wecker pünktlich gestellt hatte. Vielleicht lag es an diesem Traum, dass ich nicht aus dem Bett gekommen war.

»Bin schon unterwegs«, trällerte ich, packte meinen Rucksack und schwang ihn über die Schulter.

»Wenn du so weitermachst, dann kommen wir noch mehr zu spät. Ich hoffe, das ist dir klar.«

Ich lachte laut auf, denn wieder einmal tat sie so, als könne mich das beeindrucken. Ich hatte längst damit aufgehört, mir Gedanken um die Schule zu machen. Natürlich war Bildung wichtig. Meistens. Sie konnte entscheiden, was aus einem wurde. Oft. Aber am allermeisten entschied doch immer noch über den Erfolg, wie viel Vitamin B jemand besaß, Beziehungen.

Und das war eines der Dinge, die ich absolut nicht hatte. Wir wohnten noch nicht allzu lange in der Stadt, waren oft umhergezogen, weil Mama auf der Suche nach der richtigen Arbeit war. Seit wir hier wohnten, hatten sich einige Dinge verändert. Zum Beispiel mein Schulweg. Ich konnte nicht mehr alleine oder mit meiner Freundin Miss Struggle (wir nannten sie so, weil sie sich vor allem fürchtete und mit allem zu kämpfen hatte) zum Unterricht gehen, sondern musste gebracht werden. Eine Bahn gab es in diesem Kaff auch nicht. Zumindest keine, die regelmäßig fuhr.

»Hier sind wir etwas abgelegen und haben unsere Ruhe vor Einbrechern.« Das hatte Mama kurz vor unserem Umzug gesagt.

»Bei uns wurde noch nie eingebrochen.« Und das hatte ich verwirrt dazu gemeint. Aber wie immer hatte meine Meinung nicht gezählt.

»So weit wollen wir es auch nicht kommen lassen.«

Und mit diesen Worten zog sie den Schlussstrich. Wir hatten unsere Sachen gepackt und waren ins Auto gestiegen.

»Hast du Geld dabei?«, fragte Mama, als ich mich an diesem Morgen auf den Beifahrersitz fallenließ und lustlos stöhnte.

»Ein paar Münzen bestimmt«, murmelte ich und machte mich ans Nachzählen. »Für ein trockenes Brötchen und eine Cola wird es reichen.« Ich wusste, dass ihre nächste Frage gewesen wäre, ob ich heute nicht noch einmal in die Mensa gehen könne.

»Ich habe ein wichtiges Vorstellungsgespräch.« Sie tat so, als hätten ihre Worte kaum eine Bedeutung.

Ich starrte sie an. »Und das sagst du jetzt erst? Das ist doch großartig.«

Mama lächelte. »Wir freuen uns, wenn sie mich haben wollen, okay?«

Ich nickte.

»Und jetzt nimm dir einen Geldschein aus meiner Tasche. Von diesen pappigen Brötchen wird ja niemand satt.«

Überraschenderweise bekam niemand von meinem Zuspätkommen etwas mit. Im Klassenzimmer tobte das Chaos, und als ich mich auf meinen Platz setzte, war es, als sei um mich herum der Dritte Weltkrieg ausgebrochen.

»Was ist denn hier los?« Kaum hatte ich meinen Kram aus dem Rücksack geräumt, betrat Frau Fiebig den Raum. »Setzt euch sofort auf eure Plätze!«

Die Klasse gehorchte und Ruhe breitete sich aus. Ich dankte dem Himmel für die Unpünktlichkeit der Lehrerin und machte mich über die Aufgabe her, die sie an die Tafel geschrieben hatte.

»Hast du das mitbekommen?« Meine Sitznachbarin Rike lehnte sich zu mir hinüber und deutete unauffällig nach vorne. »Die Fiebig ist angeblich schwanger.«

»Schwanger?« Ich versuchte ein interessiertes Gesicht zu machen. Dabei wusste ich beim besten Willen nicht, was daran so spannend sein sollte.

»Und jetzt rate mal, von wem.«

»Was ist denn dahinten los?«

Alle starrten uns an und ich merkte, wie mir das Blut in den Kopf schoss. »Ich ... Ähm ...« Unsicher fuhr ich mir durch das Haar und schluckte.

Rike war schneller als ich. »Da draußen ist eine Katze. Liz und ich haben uns gewundert, was sie dort macht.«

Das war eine gute Ablenkung, denn sofort schauten alle aus dem Fenster. Mich eingenommen, denn auch ich war neugierig. Rike hatte recht. Tiere waren strengstens untersagt. Sie konnten Krankheiten übertragen, Allergien auslösen und, und, und. Seitdem der kleine Max, aus der Sechsten vor einem Jahr von einem Hund gebissen worden war, sicherte man die Eingänge streng.

Naja ... Mir sollten das nur recht sein, ich mochte ohnehin keine Tiere. So war ich erzogen worden und vermutlich würde es auch immer so bleiben. Mama lehnte alles ab, was mehr als zwei Beine besaß, und vermied die Nähe zu diesen Lebewesen. Somit tat ich es auch. Ich konnte mich nicht erinnern, dass ich jemals einen Hund oder eine Katze aus der Nähe gesehen hatte und ehrlich gesagt, machte der Gedanke mir auch große Angst, denn ich war mir sicher, dass diese Tiere gefährlich waren. Ich schüttelte mich. »Haben Sie was gesagt?« Wieder schien ich irgendetwas nicht mitbekommen zu haben, denn als ich aus meinem Tagtraum erwachte, lagen abermals alle Blicke auf mir.

Frau Fiebig schüttelte gedehnt den Kopf und wandte sich vom Fenster ab. »Ich werde dem Hausmeister Bescheid geben. Er wird das Vieh entfernen.«

Ich nickte beruhigt.

In der Pause warf mir Rike bedeutsame Blicke zu. »Wir sind uns nicht sicher, aber jemand meint beobachtet zu haben, wie sie nach dem Elternabend in den Wagen von Pauls Vater gestiegen ist.«

»Du meinst, das Kleine, was dann in Frau Fiebigs Bauch wächst, ist...«

»Seine Schwester. Oder sein Bruder.« Rikes Augen funkelten aufgeregt.

»Halbschwester«, korrigierte ich. »Oder Halbbruder. Je nachdem, was aus dem Baby wird.«

»Ich vermute ja, dass es ein Mädchen wird.« Plötzlich stand Emma hinter uns. Sie ging ebenfalls in unsere Klasse und kannte sich meist ziemlich gut mit den neusten Gegebenheiten aus.

»Wie kommst du darauf?«

»Na, wusstet ihr denn nicht, dass die Fiebig vegan lebt?«

Verständnislos sahen wir sie an. Mich beruhigte die Tatsache, dass auch Rike nicht zu verstehen schien, was Emma damit sagen wollte.

»Veganer essen kein Fleisch, keinen Fisch, keine Eier, keine Milchprodukte. Nichts, was vom Tier kommt und ...«

Ich unterbrach sie. »Das wissen wir doch. Aber was spielt das für eine Rolle?«

»Na, wenn du vegan lebst, dann ernährst du dich zum Großteil von Gemüse und Obst. Und das wiederum hat oft zur Folge, dass man viel Kalium zu sich nimmt, und das wiederum ...«

»Fass dich doch mal kurz.« Rike schien es kaum noch abwarten zu können. Ich sah sie von der Seite an. Eigentlich war es mir ziemlich egal, ob die Fiebig ein Baby bekam. Und erst recht, ob es sich bei dem Vielleicht-Baby um einen Jungen oder ein Mädchen handelte. Dennoch blieb ich unschlüssig stehen und lauschte den Theorien.

Nachdem geklärt war, dass eine kaliumreiche Ernährung angeblich den Mädchenwunsch positiv beeinflussen konnte, gongte es schon wieder und wir mussten zum Geschichtsunterricht.

Während die Klasse sich über Ludwig XIV. unterhielt, war ich mit den Gedanken woanders. Ich dachte an Mama, die wahrscheinlich gerade unglaublich aufgeregt war und überlegte, was sie wohl erwarten würde. Das machte mich so aufgeregt, dass ich fast vom Stuhl fiel. Das erlösende Schellen verriet, dass wir drinnen bleiben konnten. Draußen waren Regenwolken aufgezogen und wir blieben an unseren Tischen sitzen und machten uns über das Essen her. Zumindest taten das die anderen. Ich machte mich auf zur Mensa, um mir ein Fischbrötchen zu kaufen. Die Schlange war mir dann doch zu lang, sodass ich mich für einen Schokoriegel und eine Cola entschied. Die konnten wir nämlich am Imbiss kaufen, für den wir das Schulgelände allerdings kurz verlassen mussten. Auf dem Rückweg starrte ich lustlos durch die Gegend und bedauerte das schlechte Wetter. Letzte Nacht hatte es geschneit, aber heute war kaum noch etwas davon zu sehen. Nur noch ein ekliger Matsch aus Schneeregen war übrig geblieben.

Dass die Katze auf dem Schulhof bei diesem Wetter freiwillig um die Häuser zog, anstatt im kuscheligen Bett bei ihren Besitzern zu liegen, verstand ich nicht. Sie hatte irgendwie ganz hübsch ausgesehen, schwarze Streifen auf weißem Fell. Im Kontrast zu dem grauen Matsch wirkte das sauber und rein. Ich runzelte die Stirn. Was waren das nur für neue Gedanken in meinem Kopf?

Der Weg vom Imbiss zur Schule kam mir endlos vor. Dabei war ich eh schon etwas zu spät dran. Weil ich aber krumm geschlafen hatte, konnte ich nicht so schnell gehen, sodass ich den Versuch, pünktlich zu kommen, aufgab.

Ich stöpselte mir Stecker ins Ohr und ließ mich mit Musik beschallen. So verging die Zeit schneller, als ich gedacht hatte, und plötzlich stand ich einen Häuserblock weiter. Verwirrt sah ich hoch zum Fenster und stöhnte genervt auf. Jetzt war ich auch noch zu weit gegangen. Verärgert kickte ich gegen einen Schneehaufen und sah zu, wie er in tausend nasse Brocken zerfiel.

»Spitze, Liz«, hörte ich mich sagen und wandte mich um.

Ich schüttelte mich. Da sah ich sie erneut. Es schien, als würde sie über den Boden fliegen. Sie sah so unglaublich leicht aus und ihren Körper schien es gar keine Mühe zu kosten, die Balance zu halten.

Dann hörte ich sie, es war ein leises klägliches Maunzen, freundlich und unsicher. Ich erschrak und merkte, wie mein Herz schneller schlug. Was war hier los? Woher war die Katze gekommen? Es war definitiv dieselbe wie die vom Schulhof. Ich zog mir die Kapuze über den Kopf und beschleunigte meinen Schritt. Dabei spürte ich ein Brennen in meinem Bein, das ich zu ignorieren versuchte. Ich wollte hier weg. Ich hatte Angst vor dem Tier. Was, wenn sie mich beißen würde ...? Oder kratzen? Meine Kopfhaut fing an, wie wild zu jucken. Schon wieder drang das Maunzen in mein Ohr.

»Hör auf«, trommelte es in meinem Kopf. Dieses verdammte Vieh sollte aufhören zu jammern. »Wenn du Hunger hast, dann fang dir eine Maus«, fauchte ich und stellte dann fest, dass sie mir gefolgt war.

Mir wurde schwindelig. Kalter Schweiß brach aus und ich wünschte mir nur, ganz weit weg sein zu können.

»Bitte«, flehte ich und kniff die Augen zu. Der kalte Wind blies mir ins Gesicht und für einen Augenblick fühlte ich mich wie eingefroren. Dann war alles wieder vorbei, genauso schnell, wie es gekommen war. Der Boden war kalt und hart, der Schnee, der unter meinem Rücken schmolz, fühlte sich an wie heißes Blut. Ich bewegte mich nicht. Plötzlich war das Maunzen ganz nah. Ich hatte keine Angst mehr, ich fühlte mich ruhig und wie betäubt.

Etwas strich meine Hüfte entlang, ich hörte ein leises Schnurren. Wie ein Raubtier, schoss es mir durch den Kopf, ein Raubtier mit scharfen Krallen. Ich bekam Gänsehaut.

»Es ist Winter. Kind, was machst du da?« Ich hörte eine Stimme, energisch und verwirrt zugleich. Ich sagte gar nichts, konnte so schnell nicht reagieren.

Jemand griff nach meiner Hand, zog mich hoch. Meine Beine fühlten sich an wie Wackelpudding. »Alles in Ordnung.« Ich schluckte. »Ich bin nur ausgerutscht.«

Ich sah mich um. Außer der älteren Frau hatte niemand Notiz von mir genommen. Als ich mich in Richtung Schule bewegen wollte, merkte ich jedoch, dass mir schwindelig war. Die Katze war glücklicherweise verschwunden, andererseits wollte ich sie auch wiedersehen. Ich schüttelte mich und schleppte mich die Straße entlang.

»Liz, alles in Ordnung?« Mein Englischlehrer, Herr Rüdig, stand mit einer Zigarette vorm Schultor und musterte mich besorgt. »Du bist ganz blass und ...« Er runzelte die Stirn. »Und deine Hose ist ganz nass.«

»Ich bin ausgerutscht«, sagte ich. In meinem Hals kratzte es und ich merkte, wie mir die Tränen hochkamen. »Ich möchte nach Hause.«

Herr Rüdig nickte, drückte seine Zigarette aus und brachte mich ins Sekretariat. Ich überzeugte ihn davon, mich alleine nach Hause gehen zu lassen, schließlich hatte Mama ein Vorstellungsgespräch. Er willigte ein und ließ mich gehen. Ich war ziemlich beunruhigt, der Tag war seltsam, die Katze hatte mich aus der Ruhe gebracht. Auf dem Rückweg stieß ich auf meinen Schokoriegel, der noch immer im Schneematsch lag. Ich lief einfach weiter. Ich würde eine Ewigkeit nach Hause laufen müssen, der Weg war viel zu weit, um zu Fuß zu gehen. Aber Mama aus dem Gespräch zu reißen ... nein, das konnte ich unmöglich tun.

Also brauchte ich fast den ganzen Vormittag. Als ich zu Hause ankam, war Mama schon da. Sie war bester Laune, was auf ein erfolgreiches Gespräch hindeutete. Darüber sprechen wollte sie jedoch nicht, viel mehr wunderte sie sich über meine frühzeitige Heimkehr. Weil ich sie aber nicht beunruhigen wollte, erzählte ich auch die Ausrutschgeschichte.

Sie schien mir zu glauben, denn am Abend erkundigte sie sich, wie es meinem Bein ginge, und schimpfte über die schlechten Wetterverhältnisse. Das machte mich irgendwie unglücklich. Ich mochte es nicht, sie anzulügen, aber ich hatte zu große Angst, Ärger zu bekommen. Schließlich hatte Mama mir schon mein ganzes Leben lang gepredigt, ich solle mich von Katzen fernhalten. Sie waren böse. Sie konnten einen verletzen und krank machen, körperlich krank. Aber sie konnten einen anscheinend auch unglaublich verwirren.

Ein Fremder in der Finsternis

Der Mond hing verschlafen am Himmel und die Sterne sahen wie Marionetten aus, als ich mitten in der Nacht erwachte. In meinem Zimmer war es kalt geworden, der Winter setzte uns in diesem Jahr schon hart zu. Ich mochte es nicht, wenn ich nachts wach wurde. Meine Gedanken waren dann oft dunkel und traurig, ich fühlte mich einsam und nahm zu viele Geräusche wahr.

Doch diesmal war alles still. Plötzlich schreckte ich jedoch auf und atmete hektisch ein und aus. In der Ferne bellte laut ein Hund. Früher hatte ich nachts oft Albträume bekommen, einer grausamer als der andere. Ich hatte anschließend nicht mehr schlafen können, weil mich die Gesichter meiner Traumfiguren immer eingeholt hatten. Diesmal, auch wenn ich schon vierzehn war, fühlten sich meine Finger klebrig an und meine Kopfhaut kribbelte wie verrückt. Ich hatte von einem Rudel Katzen geträumt, sie waren in verschiedenen Farben, hatten mit mir sprechen können und mich anfangs nur angesehen.

Doch schließlich war die schwarze, die mit den gelb-grünen Augen, einfach auf mich gesprungen, um mir den Kopf zu zerkratzen. Irgendwer hatte mir mal erzählt, dass man oft von Dingen träumte, die einen sehr beschäftigten. Aber bei mir war dem eigentlich nicht so.

Einmal hatte ich von meinem Lateinlehrer Herrn Wider geträumt, obwohl ich das Fach mehr oder weniger erfolgreich abgewählt hatte. Bei diesem Traum war es wahrscheinlich wegen des vergangenen Tages gewesen. Meine Begegnung mit der Katze steckte mir irgendwo noch im Kopf.

Zum Glück war das alles nicht wahr geworden, dachte ich und versuchte mich etwas zu entspannen. Als ich meinen Kopf wieder ins Kissen legte und die Decke behutsam über mich streifte, hörte ich ein Geräusch.

Schritte. Es waren Schritte, die ich durch mein geöffnetes Fenster vernahm. Ich legte mir die Decke um die Schultern und setzte mich auf. Draußen war es zu finster, um etwas sehen zu können, aber meine Augen gewöhnten sich rasch an die Dunkelheit und ich stand auf. Vorsichtig und langsam ging ich auf mein Fenster zu und sah nach draußen. Im Schnee stand ein Mensch. Seltsamerweise war meine erste Reaktion reine Verwunderung. Wie kam der Fremde auf den Hof? Eigentlich schloss meine Mutter abends immer das Tor.

Wieder bellte ein Hund. Dann erst bekam ich Angst. So, als sei es das Tier gewesen, das die Furcht in mir geweckt hatte. Still sah ich mich in meinem Zimmer um. Der seidige Vorhang, der vor meinem Fenster angebracht war, wiegte sich durch die Luft.

Ein Schauer lief mir über den Rücken. Das alles war wie in einem schlechten Film. Genauso kannte man das alles doch. Dunkelheit, Kälte, ein einsamer Mensch und dann ein Fremder.

ABER ... Ich hatte meinen Text sozusagen vergessen und keine Ahnung, was ich nun tun sollte. War das jetzt der Moment, in dem man die Polizei rief?

Hausfriedensbruch, kam es mir in den Sinn. Das hatte ich schon mal im Fernsehen so gehört. Aber galt das auch hier? Der Fremde war schließlich nicht ins Haus gekommen, sondern nur auf unser Grundstück?

Ich nahm mein Handy von der Kommode und schaute auf die Zeitangabe: kurz nach Mitternacht. Doch als ich wenige Sekunden später wieder nach draußen sah, war der Hof leer. Der Wind blies über den verschneiten Grund, nahm die letzten Blätter und Äste mit, die der Herbst als Erinnerung gelassen hatte. Ehe mir bewusst wurde, was geschehen war, überfiel mich wieder Müdigkeit. Sicherlich nur ein Traum, dachte ich und legte den Kopf behutsam auf das Kissen. Trotz der gruseligen Situation gelangte ich wieder zurück in tiefen Schlaf.

Ein Weiterschlafen war zwei Stunden später unmöglich. Ich schlug die Augen auf und sah wieder in die Dunkelheit. Meine ersten klaren Gedanken galten dem Fremden, der eben noch in der Kälte gestanden hatte. Sofort sprang ich auf und schlich zum Fenster. Hatte ich mir die Gestalt dort draußen denn wirklich nur eingebildet? Nur geträumt?

Ich zögerte einen kurzen Moment, bevor ich den Vorhang zur Seite riss und in die Augen des Mannes blickte. Er sah direkt in mein Zimmer hinein. Blitzschnell zog ich meinen Kopf zur Seite, doch er hatte mich gesehen. Wer war er nur und was wollte er von uns? Was war wohl so wichtig, dass er mitten in der Nacht auftauchte? Ein Einbrecher? Nein! Ein Einbrecher würde niemals so lange dort draußen stehen. Er sah viel mehr so aus, als würde er auf irgendetwas warten.

War etwas passiert? Einen Moment lang überlegte ich, das Licht anzuschalten, aber die Vorstellung, erneut von dem Fremden gesehen zu werden, gefiel mir ganz und gar nicht. So wühlte ich in einer Kiste, die direkt unter meinem Bett stand, auf der Suche nach Streichhölzern.

Nach wenigen Sekunden erfasste ich etwas Rechteckiges, ein kleines Notizbuch. Ich ließ es fallen, hob die Kiste hoch, stellte sie auf den Bettkasten und versuchte etwas zu erkennen. Schnell nahm ich das Paket mit den dünnen Hölzern heraus und schob die Kiste wieder an ihren Platz. Durch das schwache Feuer nahmen die Dinge in meinem Zimmer wieder ihre Gestalt an. Mein Herz polterte, meine Angst wurde immer größer und mir plötzlich ganz heiß. Meine Füße gingen wie ferngesteuert zum Schlafzimmer meiner Mutter, wie von einer übernatürlichen Kraft vorwärtsbewegt. Ein leises Klopfen an die Tür weckte sie. Verschlafen stand sie schließlich vor mir und schaute mich fragend an.

»Liz, was ist los?« Ihre Stimme war belegt und ihre Haare standen wild in alle Richtungen. Irgendwie sah sie verweint aus, fremd, gar nicht so wie sie selbst.

»Mama, da draußen ist jemand.« Sie zuckte zusammen.

»Um diese Uhrzeit?« Unruhig blinzelte sie auf ihr nacktes Handgelenk und schüttelte dann den Kopf. »Es ist doch mitten in der Nacht.« Diesmal war ihre Stimme zittrig und ich wurde noch panischer.

»Ein fremder Mann. Er steht auf dem Hof und schaut zu meinem Zimmer hinauf. Mama, ich habe Angst.«

Meine Mutter fuhr mir über den Rücken. Sie lief mit mir in mein Zimmer und warf einen Blick durchs Fenster. Ich glaubte zu hören, wie ihr Puls anfing zu rasen. Beunruhigt.

»Liz, leg dich hin. Der Besuch ist für mich«, sprach sie leise und sie klang ängstlich. Ich griff nach ihrem Arm, wollte sie festhalten. Sie fühlte sich auf einmal furchtbar kalt an. Es war, als fasste ich gegen eine Eiswand.

Sie schüttelte mich ab. »Mach dir keine Sorgen, Schatz!«, sagte sie und drehte sich um. »Bleib bitte hier oben, ja?«

»Aber, Mama ...«, wollte ich einwenden, aber sie hörte mich nicht mehr, war viel zu beschäftigt mit ihren Gedanken und ging die Stufen hinunter, ohne mich zu beachteten. Ich wollte ihr hinterherlaufen, doch irgendetwas in mir hielt mich zurück.

Es war ein Gefühl tief in mir drinnen, das mir sagte, es sei falsch, nicht zu gehorchen. Ich ließ mich aufs Bett sinken, mein Herz polterte mit meinem Atem um die Wette. Meine Gedanken kreisten nur um den Mann dort draußen.

Was, wenn Mama meine Hilfe brauchte? Was, wenn er sie mitnehmen wollte? Ich hatte fürchterliche Panik. Er sah gefährlich aus. In meinem Kopf dröhnte alles. Selbst wenn die Vernunft mir sagte, dass ich liegenbleiben und auf Mama hören sollte, konnte ich nicht anders, als meinem Herz nachzugehen. Vorsichtig trat ich ans Fenster und lauschte.

Der Regen fiel leise auf den Boden und ich zuckte zusammen, als der Fremde hervortrat.

»Hirgli, sind Sie es?«, hörte ich meine Mutter nach draußen rufen.

»Sarah, schön, Sie wiederzusehen«, sagte der Mann mit gedämpfter Stimme.

Wer war er nur? Und woher kannte Mama ihn?

»Verschwinden Sie und lassen Sie uns in Ruhe«, fuhr Mama ihn an. Anders als sonst, wirkte sie wütend, voller Abscheu, aber leider auch ängstlich.

Er schüttelte gelangweilt den Kopf. Mama trat einen Schritt zurück und sofort machte der Fremde einen Schritt nach vorn. Er lächelte, seine Augen funkelten böse und sein Mund verzog sich zu einem so dünnen Spalt, dass ich beinahe dachte, er würde verschwinden. Ich wollte Mama helfen, bei ihr sein, ihre Hand nehmen und vor allem verstehen, was hier vor sich ging. Deshalb huschte ich den schmalen Flur entlang und ging die Treppe hinunter.

Mich holte wenige Sekunden später die Kälte ein. Die Luft pustete gegen meine Stirn und mein Atem wurde sichtbar. In meinen Stiefeln stapfte ich durch den Schnee. Als ich die beiden wieder reden hören konnte, blieb ich stehen und horchte.

»Sie ist ein Mensch wie Sie und ich. Mit Ängsten, mit Gefühlen und Gedanken. Also lassen Sie uns in Frieden leben.« Meine Mutter drehte sich um.

»Nicht so eilig, Nachtsängerin.« Er riss unsanft an ihrem Ärmel und hauchte ihr etwas ins Ohr. Dabei kam er ihr bedrohlich nah. Dass es nichts Freundliches war, konnte ich ihr ansehen, denn ihr Gesicht war wie versteinert.

»Mama.« Ich kam zum Vorschein.

Der Fremde war sprachlos, als er mich sah. Er ging auf mich zu und musterte mich, sodass ich nervös zu meiner Mutter schaute.

»Lassen Sie Liz in Ruhe, Hirgli«, fauchte Mama.

Hirgli aber ignorierte sie. Er fasste mich an der Schulter, ich wurde starr vor Schreck. Seine Hand brannte dort, wo seine Finger mich berührten.

»Bist du ... echt?«, fragte er.

Ich zitterte wieder und schaute ihn verständnislos an.

»Sie weiß es nicht, oder?« Da lachte Hirgli laut auf.

Ich war verwirrt. Was wusste ich nicht? In den Augen meiner Mutter steckte Angst und das verunsicherte mich noch mehr.

Sie war immer mutig und ein Vorbild für mich. Jedoch fürchtete ich mich ebenfalls, wenn sie es einmal tat. Und sie tat es. Da war ich mir sicher.

»Was meinen Sie?« Meine Stimme versagte beinahe.

Sein Mund öffnete sich leicht und er wollte etwas sagen, aber Mama ging dazwischen.

»Elizabeth, bitte geh in dein Zimmer und lege dich zurück ins Bett!«

Verblüfft schüttelte ich den Kopf. Schlafen? Was sollte das denn jetzt heißen? Ich würde doch in so einem Zustand nicht so tun können, als sei alles in Ordnung.

»Aber was meinen Sie denn?«, fragte ich Hirgli noch einmal.

Er fuhr über seinen dreckigen, alten Mantel und klopfte den pulvrigen Schnee von seiner Schulter. Danach machte er einen großen Schritt auf mich zu und strich mir über mein langes braunes Haar.

»Hübsch ist das Kätzchen«, hauchte er mir zu.

Plötzlich kam Leben in meine Mutter. Ihre Hand reagierte wie automatisch und schlug dem Fremden mitten ins Gesicht. Dieser fuhr zurück und funkelte meine Mutter wütend an.

»Was wollen Sie von uns nach all den Jahren?«

»Dasselbe wie vor fünfzehn Jahren.« Seine Stimme war rau und trocken. In meinem Kopf hallten seine Worte.

»Sie hätten nicht kommen sollen.« Mamas Tonfall hatte etwas Bedrohliches.

»Sie wollen mir drohen?« Anscheinend hatte der Fremde das genauso aufgefasst, denn er wirkte aufgebrachter als zuvor. »Das werden Sie bereuen. Sie werden nicht mehr in Frieden leben können.«

Der Wind wisperte mir zu, dass er recht hatte und dass ich etwas unternehmen musste.

»Was wollen Sie denn von uns?« Ich lief ihm hinterher, stellte mich vor ihn und schaute ihm direkt in die Augen.

Allerdings schüttelte er nur den Kopf. »Du wirst es noch früh genug erfahren!«

»Aber was meinen Sie denn?« Langsam wurde ich diese Fragerei satt. Wieso verschwiegen mir alle etwas?

»Mama? Was ist hier los?«

Statt einer Antwort griff sie nach meinem Arm und schob mich in Richtung Tür. »Bitte, Liz, ich bitte dich. Hör auf mich und lege dich schlafen. Ich komme gleich noch einmal.«

Ich konnte nicht anders und kehrte um. Als ich die schwere Haustür aufschob, schluckte ich. Wie sollte ich jetzt bloß schlafen? Meine Gedanken fuhren Achterbahn und mein Herz polterte wild. Außerdem wollte ich jetzt endlich Antworten haben.

Wer war der Fremde? Was wollte er von uns? Wieso tauchte er mitten in der Nacht auf? Was meinte er damit, als er fragte, ob ich echt sei? Und die wichtigste Frage war, wieso hatte mir Mama nichts von alldem jemals erzählt? Vertraute sie mir denn nicht? Schon alleine die Vorstellung deprimierte mich sehr.

Ich ließ mich auf den Boden sinken, legte die Arme um die angewinkelten Beine und betrachtete nachdenklich den dunklen Mosaikboden, dessen Muster ich als kleines Kind immer mit den Socken nachgemalt hatte.

Mein Blick fiel auf ein altes Bild, es hing dort an der Wand, seit ich denken konnte, immer am selben Platz, und zeigte eine junge Frau, die eine Geige in der Hand hielt. Sie sang dazu und für einen kurzen Moment hatte ich den Eindruck, in einen inneren Film gezogen zu werden.

Ihre Stimme wirbelte durch die Luft und ein Lied erklang. Ich summte es leise mit und trotz der trüben Situation musste ich lächeln.

Aufgeregt rannte ich zurück in mein Zimmer und sprang auf mein Bett. Der Mond erleuchtete das Geschehen. Ich öffnete erneut das Fenster, still und unbemerkt. Die Stimmen der beiden drangen in mein Ohr und ich konnte einige Silben aufschnappen. Aber es war nicht genug, um den Kontext zu verstehen. Mist, dachte ich. Wie sollte ich denn so Klarheit bekommen? Mein Gehirn trommelte. Ich schlich mich nach unten und setzte mich dort vor ein kleines Fenster. Von hier aus konnte ich immer noch nicht alles verstehen, aber wenigstens einzelne Wörter aufschnappen. Meine Mutter sagte etwas von *Presse* und der Mann erwähnte das Wort *Abmachung*. Ich hatte keine Ahnung, was der Zusammenhang sein konnte.

Plötzlich sprach Hirgli von Geld und davon, dass sein Leben kaputt sei. Sie diskutierten noch kurz, doch dann ging meine Mutter einfach ins Haus zurück. Hirgli verließ den Hof. Ich sah ihm nach. So lange, dass ich einige Minuten später nur noch einen immer kleiner werdenden Punkt in der Dunkelheit gewahrte. Doch das Bild in meiner Erinnerung blieb. Ich musste nur die Augen schließen und schon brannten die Umrisse seiner Gestalt in meinem Kopf. Die Nacht hatte mir eine Last gebracht. Und Wut, weil ich im Unwissen war. Aber ich fühlte noch etwas. Es war die Panik vor der Wahrheit.

Bevor ich versuchte zur Ruhe zu kommen, schickte ich einen Wunsch in die Nacht, denn ich hoffte so sehr, dass der Fremde sich niemals mehr blicken lassen würde.

Alles ganz geheim

Am nächsten Morgen wurde ich von selber wach. Es war erst kurz vor sieben und ich war noch todmüde. Ich gähnte laut und zog mir noch einmal die Decke über den Kopf. Wieder lag ein ätzender Schultag vor mir.

Gerade als ich beschloss, nach unten zu gehen, fiel mir der gestrige Abend ein. Die Unruhe, die sich in meinem Magen gestaut hatte, breitete sich aus. Sofort schaute ich aus dem Fenster. Der Hof war leer, was mich ein wenig entspannte. Vielleicht war mein Wunsch ja doch wahr geworden und der Fremde für immer fort. Verkrampft griff ich nach meinem Morgenmantel und zog ihn über. So ging ich nach unten. Meine Mutter war noch nicht wach. Das wunderte mich, da sie sonst sehr früh aufstand.

Ich holte zwei Tassen aus dem Schrank und deckte sie auf, das gleiche tat ich mit Messern, Gabeln und Tellern. Danach stellte ich Aufschnitt dazu und kochte heiße Schokolade. Vielleicht konnte ich meine Mutter bei einem leckeren Frühstück davon überzeugen, etwas zu erzählen. Doch sie kam nicht.

Ich wartete eine Weile, erwärmte immer wieder den Kakao, aber an dem Zustand änderte sich nichts. So ging ich zu der Schlafzimmertür und horchte. Absolute Ruhe

»Mama?«, flüsterte ich leise.

Normalerweise wurde meine Mutter sofort davon wach, aber heute rührte sich nichts. Leise drückte ich die Klinke hinunter und schaute in Mamas Bett. Es war leer. Panik stieg in mir auf, ich wusste nicht, was ich machen sollte. Hatte der Fremde sie mitgenommen? Entführt? War das jetzt die Stelle, an der ich die Polizei rufen sollte?

Nervös biss ich auf meine Unterlippe. Meine Nase kribbelte und ich hatte das dringende Bedürfnis zu niesen. In meinem Kopf tummelten sich die düstersten Fantasien - oder war es Wirklichkeit? Meine Augen tränten und ich fuhr mit meinem Bademantelärmel über die nasse Stelle. Mein Puls raste und ich hatte einen Kloß im Hals. Ich hustete, aber er ging nicht weg.

»Mama?«, brüllte ich durch das ganze Haus. Ich rannte durch die Räume und schrie immer wieder nach ihr. »Bitte, Mama, bitte ... Wo bist du nur?«

Ich ließ mich auf die Treppe sinken und legte den Kopf in den Schoß. Die Tränen rannten mir die Wange entlang und selbst die Musikantin auf dem Bild im Eingang sah nicht mehr so glücklich aus wie am gestrigen Abend. In meinem Kopf hatte sie aufgehört zu musizieren und auch ihre Stimme verstummte.

»Sie ist nicht weg. Ich habe sie gesehen. Hab keine Angst, Liz«, hörte ich sie durch das dünne Papier des Bildes wispern.

Die Farben leuchteten plötzlich auf und ich hatte den Wunsch, es zu berühren. Langsam ging ich auf das Bild zu und griff danach.

»Hör doch auf.« Später war ich mir nicht mehr sicher, aber in diesem Moment stand eines für mich fest: Die Stimme hatte ich mir nicht eingebildet. Sie war da gewesen.

So findest du sie nie, dachte ich und schaute nach draußen. Ich öffnete das Fenster und rief.

»Liz?« Mamas Stimme!

Ich war erleichtert.

»Was machst du denn hier draußen in der Kälte?«, fragte ich. Mama drehte sich jetzt erst zu mir um und huschte schnell ins Haus.

Erschrocken blickte ich auf das Bild, doch die Geigenspielerin stand an ihrer alten Position, hielt wieder ihre Geige in der Hand und sang. Ich sah meiner Mutter fragend hinterher.

»Mama?«, fragte ich.

Mama sagte nichts. Sie schaute noch nicht einmal mehr auf. Aber ich war überzeugt davon, nun mehr über den vergangenen Abend zu erfahren.

»Was ist denn, Liz? Ich bringe dich heute früher zur Schule, ja?« Sie war so anders als sonst, einfach stiller.

Sie lachte nicht mehr, sie sprach nicht. Ich verstand die Welt nicht mehr. Wieso hatte der Fremde nur so viel Macht, um sie zu verändern? Wer war er denn nun? Ich ging in die Küche und schaute auf den gedeckten Frühstückstisch.

»Ich muss dringend etwas erledigen. Du kannst in der Schule frühstücken, oder? Oder ich schreibe dich krank und du bleibst einfach hier?!«

Bei der Vorstellung alleine zuhause zu bleiben und den Fremden womöglich wiederzusehen, schlotterte ich. Aber was war denn nur mit ihr los? Sie ging doch sonst nicht so fahrlässig mit der Schulpflicht um.

»Geht schon. Ich esse in der Pause«, piepste ich.

Mama zog einen langen Mantel an, schlüpfte in ihre Lieblingsstiefel und reichte mir meine Winterjacke.

»Danke.« Ich lächelte.

Sie nickte, ohne mich anzusehen. Die Spannung war unerträglich.

»Was ist denn los? Bitte, sag es mir doch!«

»Liz, du bist meine einzige Tochter und ich habe dich sehr, sehr lieb.« Das war das Einzige, was sie sagte.

»Aber ...«Ich gab auf und streifte die Jacke über. Sie war kuschelwarm, aber als ich in die Kälte trat, schauderte ich. Also stieg ich schnell in das warme Auto und griff nach einer Zeitschrift, die ich letztens gekauft hatte. Ich blätterte ein wenig in ihr und fragte Mama, wo sie hinfahren wolle. Mama wollte nur schnell zur Post und einen Brief einwerfen. An Carolin. Ich fragte nicht nach, warum sie es so eilig damit hatte.

Carolin war eine Freundin von ihr, die vor einigen Jahren mit ihrer Tochter weggezogen war. Die beiden lebten nun einige Stunden mit dem Flugzeug von uns entfernt und ich hatte sie noch kennengelernt. Mama erzählte manchmal von ihr, aber ich fand die Geschichten meist langweilig, da hinter dem fremden Namen dieser fremden Person für mich nur ein fremdes Gesicht mit einer fremden Identität steckte.

»Carolin hat vor einigen Monaten ein schönes Haus gekauft«, meinte Mama.

»Cool«, sagte ich desinteressiert und schaute aus dem Fenster. Ich zählte die Autobahnpfeiler und lauschte Mamas Erzählungen.

»Sie haben uns eingeladen, sie mal zu besuchen. Das ist doch furchtbar lieb, oder? Ich meine, ihre Tochter Julia ist so alt wie du.«

»Aha.«

»Sie ist bestimmt nett.«

»Ja.«

»Ihr könnt ja mal telefonieren.«

Ich brach meine Zählung ab und schaute sie verblüfft an. »Ich kenne sie doch gar nicht.«

»Das kann man ändern.«

Mir war immer noch nicht klar, was sie vorhatte. »Und wieso?«, fragte ich.

»Naja. Es wäre doch schön, wenn du sie ähm ... wieder ... ähm ... ich meine, wenn du mal etwas von ihr hörst.«

»Wieder? Ich kenne dieses Mädchen doch gar nicht, Mama!«

»Na, das möchten wir ja gerne ändern. Zumindest Caro und ich.«

Daraufhin sagte ich nichts mehr. Ich wusste sowieso, dass es keinen Sinn machte, sich auf eine Diskussion einzulassen.

»Glaubst du, er wird wiederkommen?« Mein Puls raste.

»Wer?«

Ich wusste, dass sie nur so tat, als ob sie nicht wüsste, von wem ich sprach.

»Der Fremde«, antwortete ich trotzdem. »Woher kennst du ihn?«

Sie wurde blass. »Liz, bitte. Ich kenne ihn von früher. Er wird uns nichts tun. Ich pass doch auf dich auf.«

Er wird uns nichts tun? Ich pass auf dich auf? Von früher? Was bedeutete das alles? Danach hatte ich doch gar nicht gefragt.

»Wieso?«, schrie ich und bemerkte, dass meine Stimme vom vielen Fragenstellen schon heiser geworden war. Sie erschrak und bremste abrupt.

»Verdammt, Elizabeth.« Sie schlug mit der Faust aufs Lenkrad und kam auf die Hupe. Hinter uns hatte sich eine kleine Autoschlange gebildet. Der übliche Berufsverkehr wahrscheinlich. »Fahr weiter!«, rief ich, doch sie lenkte den Wagen nur an den Straßenrand. Ich ignorierte sie und stieg aus.

»Lass mich bloß in Ruhe.« Dann stemmte ich meine Arme in die Hüften und seufzte. Ich hasste es eigentlich zu streiten und Mama anzuschreien, aber so wütend wie gerade war ich vorher erst einmal gewesen. Da hatte Mama einen Freund gehabt und mir nichts davon gesagt. Wir hatten tagelang nicht miteinander geredet und ich hatte ihr böse Blicke zugeworfen. Nach fast einer Woche des Schweigens hatten sie sich immer wieder meinetwegen gestritten. Und auch wenn ich wusste, dass es nicht in Ordnung war, sie vor die Wahl zu stellen, hatte sie sich von Phil getrennt und ich hatte ihr verziehen. Aber seit diesen Tagen hatten wir uns nicht mehr so gestritten.

Plötzlich spürte ich eine Hand auf meinem Rücken. Mama. Ich drehte mich um.

»Liz, ich verspreche dir, ich werde es dir irgendwann erzählen. Es ist alles gut.« Ihr kullerte eine Träne die Wange hinunter.

»Was ist los?« Plötzlich tat sie mir leid.

»Geh bitte ins Auto!«

Ich gehorchte ihr. Wir schwiegen eine ganze Weile, fuhren über den unebenen Asphalt. Die Dunkelheit schien gefährlich und böse. Plötzlich wurde mir die Stille unangenehm.

»Ich habe dich lieb, Mama«, sagte ich.

Sie schwieg für einen Moment. Dann holte sie tief Luft. »Ich habe dich auch lieb, meine Kleine.«

Ich lächelte und war wesentlich zufriedener. Streit war einfach sinnlos.

Eine halbe schweigsame Ewigkeit später standen wir wieder vorm Schulgelände und Mama parkte. Ich betrat als eine der Ersten den Schulhof. Die meisten waren wahrscheinlich noch zu Hause oder besuchten den Gottesdienst. Eigentlich hatten die Mittel- und Oberstufenschüler die erste Stunde frei, denn für sie war es keine Pflicht, in die Kirche zu gehen. Weil ich ja noch nichts gefrühstückt hatte, plagte mich wahnsinniger Hunger. Im Schließfach hatte ich doch einen Müsliriegel für hungrige Tage deponiert, oder? Das Schulgebäude war aber leider noch nicht geöffnet. Ich ärgerte mich. Ich hätte mir wenigstens einen Apfel einpacken sollen. Mit knurrenden Magen schob ich den Schnee von einer Bank, setzte mich und wartete darauf, dass der Hausmeister sich erbarmen und Gebäude und Räume aufschließen würde. Ich sah auf die Uhr. Wahrscheinlich würde das noch eine halbe Stunde dauern. Auf dem Schulhof war es immer noch menschenleer, also würde mich niemand beobachten, wenn ich mich auf die Bank legen und etwas schlafen würde. Ich zuckte mit den Schultern und ließ meinen Kopf gegen die Holzlehne sinken.

Die Nacht war deutlich zu kurz gewesen. Da würde mir ein bisschen Ruhe vielleicht sogar ganz guttun. Jedoch konnte ich mich nicht entspannen. Das Loch in meinem Bauch war zu groß und das Grummeln schreckte mich immer wieder hoch. Ich sah mich erneut um. Ob ich noch mal zum Kiosk gehen sollte?

Ich kramte in meiner Jackentasche und fand tatsächlich noch einen Euro vom Vortag. Für eine gemischte Tüte mit Gummibärchen würde es reichen.

Das war wahrscheinlich nicht das gesündeste Frühstück, aber definitiv kreativ. Ich grinste und beeilte mich, schnell wieder vom Schulhof zu gehen. Als ich am Fenster unseres Klassenzimmers vorbeikam, blieb ich stehen und sah auf meinen Platz. Aus dieser Sicht wirkte er fremd auf mich, obwohl ich schon seit dem Umzug immer nur auf demselben gesessen hatte. Ich ging weiter, wollte gerade über die Straße treten, als ich hinter einem halbhohen Schneehaufen etwas Dunkles wahrnahm. Mein Herz fing an, wie wild zu klopfen. »Ach«, sagte ich leise zu mir. »Wahrscheinlich ist es nur ein Handschuh oder eine Mütze, die jemand verloren hat.«

Wahrscheinlich wünschte ich es mir in diesem Augenblick einfach zu sehr, als dass ich mir eingestehen wollte, was ich wirklich vermutete. Erst als ich die kleine Katze zusammengedrückt und blutig dort im Schnee liegen sah, wurde mir plötzlich bewusst, dass ich traurig war. Traurig, ja! Einerseits war die Vorstellung erschreckend, denn Katzen waren doch gefährlich und böse ... Andererseits hatte sie mich so freundlich angesehen. Ich schluckte. Vorhin hatte sie dort noch nicht gelegen, da war ich mir sicher. Jemand musste sie eben erst angefahren und dann einfach zurückgelassen haben. »Nein, Liz«, hörte ich meine Stimme. »Wehe, du fängst jetzt an zu weinen.« Nein, ich fing auch nicht an zu weinen. Aber den ganzen Tag bedrückte mich der Tod der kleinen Katze und ich wünschte mir, ich hätte ihr helfen können.

Überfahren ... ausgerechnet heute. Ausgerechnet einen Tag, nachdem ich sie gesehen hatte. Ich wollte den Gedanken loswerden, nicht mehr an sie denken. Aber selbst im Unterricht gingen die Bilder nicht aus meinem Kopf.

Aber das war mir egal. Wie gesagt, gute Noten waren eine Sache, der Charakter etwas anderes. Und sollten die anderen mich doch für unterbelichtet halten ... Ich selber wusste doch, wer ich war. Elizabeth Jessen. Viel wichtiger als das, was andere über mich dachten, war, dass ich endlich verstand, dass die Katze mir auf unerklärliche Weise etwas bedeutet hatte.

Den Hof hatten wir günstig kaufen können. Er war alt und morbide, aber eigentlich auch recht romantisch. Mir gefiel unser neues Zuhause und es war weit mehr, als ich mir hätte vorstellen können, bevor Mama angefangen hatte, vom Umziehen zu sprechen. Mehr konnten wir uns einfach nicht erlauben. Mein Vater hatte uns noch vor meiner Geburt verlassen. Damals hatte Mama alle Dinge von ihm verbrannt, weil jede Erinnerung an die Zeit mit ihm schmerzhaft gewesen war. So zumindest hatte sie es immer gesagt.

Ich legte mich auf mein Bett und las in einem Roman, den ich von Mama stibitzt hatte. Es ging um eine Frau, die sich in einen Mann verliebte, der unschuldig im Gefängnis saß.

Mama hatte mir verboten, solche Bücher zu lesen. Sie meinte, so etwas wäre noch nichts für mich. Sie hätten einen schlechten Einfluss auf meine Entwicklung und würden mich nachher in eine depressive Stimmung ziehen, weil das Leben in solchen Romanen immer als sehr schwerfällig beschrieben wurde. Aber ich war da anderer Meinung. Ich liebte spannende Bücher, bei denen man mit seinen Figuren fühlen konnte. Außerdem schilderten sie doch auch nur die Wirklichkeit. Meist sogar auf eine tröstliche Weise durch ihre Happy Ends.

Ich lag eine halbe Stunde einfach nur da, blickte hin und wieder auf und schaute in den Himmel, der wolkenverhangen war. Ich fror etwas und machte mir einen heißen Wintertee mit viel Zucker und einer Prise Zimt. So mochte ich ihn am Liebsten. Er schmeckte herrlich süß.

Als Mamas Schritte auf der Treppe zu hören waren, ließ ich das Buch schnell hinter das Bett fallen und setzte mich auf. Mama sah mich misstrauisch an und stellte einen Korb Wäsche ab.

»Alles okay?«, fragte sie.

»Ja.« Ich nickte, vielleicht etwas übertrieben, denn Mama zog die Augenbrauen zusammen.

»Okay«, sagte sie trotzdem. Wahrscheinlich, weil sie keine Lust hatte, sich mit mir zu unterhalten. Der Fremde hatte sie verschreckt. Sie war in sich gekehrt. Aber warum? Welches Geheimnis hütete sie?

Keine Sekunde nach ihrem Verschwinden schlug ich das Buch wieder auf. Irgendwie war ich gerührt von der Geschichte und so verbrachte ich den ganzen Tag mit Lesen. Plötzlich fiel mir jedoch auf, dass ich noch Hausaufgaben machen musste. Wir sollten in Deutsch ein Gedicht interpretieren. Manche Lehrer verstanden einfach nicht, dass wir nach der Schule auch eine Auszeit brauchten.

Nachdem ich eine Seite geschrieben hatte, ging ich nach unten, um mir ein Brot zu holen. Die Tür war geschlossen. Eigentlich war die Tür NIE zu. Mama mochte das nicht. Es machte sie verrückt. Ich fragte mich, was sie um diese Uhrzeit noch Heimliches unternahm. Normalerweise verkroch sie sich so nur ein paar Tage vor meinem Geburtstag. Das Wohnzimmerlicht leuchtete mir ins Gesicht. Auf einmal sah ich Mama. Sie saß weinend auf dem Sofa und telefonierte. Jedoch sprach sie sehr leise und ich konnte nichts verstehen. Das Einzige, das ich aufschnappte, waren zwei Wörter: »Panische Angst!«

Weglaufen

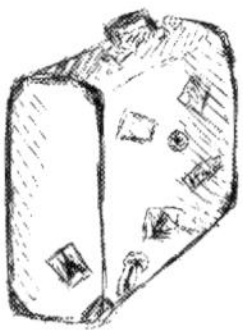

Ein Staubkorn kitzelte in meiner Nase und ich erwachte am nächsten Morgen. Es war Wochenende. Ich nieste laut und setzte mich auf.

Ich trug immer noch meine Anziehsachen vom Vortag und erinnerte mich nicht mehr, wie ich ins Bett gekommen war. Meine Stirn schmerzte und ich fühlte mich, als hätte ich die ganze Nacht nicht geschlafen. Plötzlich fiel mir wieder ein, wie Mama mich ins Bett geschickt hatte. Langsam kamen mir die Worte, die Mama am Telefon erwähnt hatte, wieder in den Sinn. Ich schüttelte mich, schälte mich aus der Bettdecke und stolperte die Treppe nach unten. Meine Müdigkeit war unheimlich.

Ich betrachtete wieder das Bild, auf dem ich die Geigenspielerin gestern gesehen hatte.

»Hallo?«, wisperte ich.

Die Geigenspielerin bewegte sich nicht. Ihre Augenlider waren geschlossen und ihre Mundwinkel hingen herunter. Ich hob meine Hand und ging mit dem Zeigefinger vorsichtig in die Richtung des Bildes, um es zu berühren. Als ich die dünne Glasscheibe, die meinen Finger von dem Gemälde trennte, spürte, bekam ich einen elektrischen Schlag. Hatte ich ihn mir nur eingebildet? Ich ging in die Küche.

»Lizzy?« Diesmal bekam ich wirklich einen Schlag auf den Arm. Aber es war Mama. Sie hatte ihre Hand auf meine Schulter fallen lassen.

»Wo warst du?« Ich atmete aufgeregt.

»Im ... Keller ... Ja ... ich habe telefoniert!«

Die ganze Nacht?, fragte ich mich insgeheim, aber sagte es nicht laut. Sie sollte nicht wissen, dass ich von ihrem abendlichen Gespräch etwas wusste.

»Ach so«, hustete ich also nur.

»Willst du etwas essen?« Mama wandte sich ab, ging zur Küchenablage und blätterte in einem Haufen mit Rechnungen und Briefen.

»Okay.« Ich nahm auf einem Hocker Platz. Während Mama Spiegelei und Schinken briet, fragte ich mich, was ich mit meiner freien Zeit heute anfangen sollte. Ein bisschen Sport vielleicht, überlegte ich und musterte den Pfanneninhalt.

»Und?«, fragte ich interessiert und ließ den Kopf auf den Tisch sinken. »Was hast du für heute geplant?«

»Wir verreisen«, platzte sie heraus.

»WAS? WOHIN?«

»Ich habe dir ja schon oft von Julia und Carolin erzählt. Ich habe gestern mit Caro telefoniert und sie hat gesagt, sie würde sich freuen, wenn wir kommen würden.« Jetzt war es raus. Sie schaute mich mit großen Augen an.

»Aber wieso? Was wollen wir denn da?«

Mama schwieg. Sie dachte kurz nach. »Pack deine Sachen zusammen, wir fahren!«

Ich konnte so schnell nicht reagieren, wusste nicht, was ich sagen sollte. Mein Herz klopfte schneller und schneller. Es brauchte ein bisschen, bis das, was sie gesagt hatte, in meinem Kopf angekommen war. Ich wollte nicht weg. Wir waren doch gerade erst hierhergezogen.

»Mama«, sagte ich. »Ich muss zur Schule. Wir haben noch keine Ferien.«

Das interessierte sie nicht. »Manche Dinge sind wichtiger als Schule.«

Ich dachte, ich höre nicht richtig. Was war in Mama gefahren? Während ich meine wichtigsten Sachen einpackte, überlegte ich, ob sie mich überhaupt zwingen konnte, mitzukommen. Waren Eltern in der Lage, die Schulpflicht zu boykottieren? Was redete ich da? Ich gehörte zu Mama, sie gehörte zu mir. Natürlich würde ich mit ihr gehen. Überall hin. Mama war in Not, ob sie das zugab oder nicht. Ich seufzte unglücklich und räumte mein Tagebuch in mein Handgepäck. Das musste auf jeden Fall mit. Mein Herz pochte. Ob Julia nett war?

»Gibst du mir deinen Koffer?« Ich schob ihn Mama zu. Diese hob ihn in den Kofferraum und schloss die Klappe. Mit meinem MP3-Player im Ohr setzte ich mich auf die Rückbank und schloss die Augen. Mama fuhr die Auffahrt hinaus und bog links ab.

»Wann sind wir denn ungefähr da?«

»Wir müssen zuerst zum Flughafen. Ich habe gestern Abend noch zwei Tickets organisiert.«

Es wurde ja immer besser.

Eine gute Viertelstunde saß ich einfach nur da. Beinahe wäre ich eingeschlafen, wenn Mama nicht andauernd mit mir geredet hätte. Der Wind blies gegen die Fensterscheibe und ich machte die Sitzheizung an. Draußen liefen Paare mit ihren Hunden spazieren und Kinder spielten im Schneematsch. Statt nun irgendwo draußen mit Freunden unterwegs zu sein, musste ich mit meiner Mutter verreisen. Und auch noch fliegen, wo ich doch immer so eine Angst davor hatte. Aber Lust auf eine so lange Autofahrt hatte ich dann doch nicht. Wir rollten dann irgendwann unsere Koffer zum Gate.

Als wir dort ankamen, ignorierte ich die anderen Reisenden und steckte mir meine roten Stöpsel ins Ohr. Ich hatte mir am Morgen noch Musik meiner Lieblingsband draufgeladen: sechs amerikanische Jungs, die unter dem Namen *The Guys* spielten und vor einigen Wochen die Charts erobert hatten. Ob Julia *The Guys* kannte, überlegte ich und stellte die Musik lauter. So merkte ich nichts um mich herum. Auch nicht, dass Mama versuchte, mit mir zu sprechen.

»Komm, mein Schatz.« Sie nahm mir meinen Koffer aus der Hand und stellte ihn auf das Band. Mama schob mich weiter und wir setzten uns auf ungemütliche Stühle, die einem das Warten anscheinend verkürzen sollten.

Mama blickte sich immer wieder um. Sie wirkte nervös. Ich beobachtete sie von der Seite und sah, wie sie jede zweite Sekunde hinter sich schaute. Wurden wir beobachtet? Ich versank in meinem Stuhl. Meine Hose klebte an meinem Bein und ein Schauer lief mir über den Rücken.

»Ist alles in Ordnung?«, fragte ich. Mama nickte unsicher.

Okay, dachte ich. Wenn Mama sagte, alles sei in Ordnung, dann war alles in Ordnung. Oder?

Mama setzte sich ein paar Plätze weiter, damit wir beide aus dem Fenster schauen konnten. Ich zog ein Magazin aus der Rückenlehne meines Vordermannes und begann zu lesen. Ich las über Scheidungen und Schwangerschaften berühmter Popstars, Schauspieler oder Models. Mein besonderes Interesse weckte ein Psychotest mit dem Titel »In welchem Verhältnis stehst du zu deinen Eltern?«

Ich holte einen Stift aus meiner Tasche und kreuzte an. Zur Auswertung kam ich nicht mehr. Meine Gedanken waren wieder bei Mama. Ich hatte sie doch so lieb, aber sie vertraute mir nicht mehr. Wieso? Hatte ich ihr Vertrauen denn schon einmal missbraucht?

Ein Mann, der die ganze Zeit mit einer Stewardess geredet hatte, drehte sich zu mir um. Er hatte eisblaue Augen und einen dünnen hellroten Mund. Seine Wangenknochen stachen ziemlich hervor und machten sein Gesicht extrem dünn. Er war mir sofort unheimlich. Seine langen Haare, die er zu einem Zopf gebunden trug, erinnerten mich ein bisschen an die eines Gangsters. Ohne eine Miene zu verziehen, stellte er sein Handgepäck ab. Danach ließ er sich langsam auf den Sitz gleiten und nahm sein schwarzes Smartphone aus der Jackentasche. Die Ansage des Flugpersonals, die uns auf das Ausschalten von Mobiltelefonen hinwies, ignorierte er völlig.

Ich betrachtete ihn von der Seite. Was er wohl machte? Ich rutschte ein bisschen von ihm weg und schaute aus dem Fenster. Der Bildschirm seines Handys spiegelte sich in der Scheibe wider und ich sah, wie er eine Nachricht tippte. Neugierig versuchte ich die Buchstaben zu entziffern, aber alles war zu verschwommen.

»Liz?« Mama reichte mir eine Wasserflasche, die wir am Flughafen gekauft hatten. Ich nahm einen großen Schluck und hustete. Der Mann sah auf und schaute mich missbilligend an.

»Hast du nicht gelernt, dass man die Hand vor den Mund hält?«, meinte er unfreundlich. Ich wurde rot. So schnell hatte ich das gar nicht geschafft. Meine Augen suchten nach dem Magazin, das ich in Gedanken abgelegt hatte.

Als ich es gefunden hatte, blätterte ich es erneut durch und verbrachte den weiteren Flug damit, mir langweilige Artikel durchzulesen. Mein Sitznachbar musterte meine Zeitschrift einige Male, bis er dann eine Tablette schluckte und sich zum Schlafen zurücklehnte. Darüber war ich sehr froh und atmete auf. Auch als das Essen gebracht wurde, erwachte er nicht, sondern blieb regungslos. Ich machte mich über meinen Teller her, obwohl ich es nicht besonders lecker fand. Nach genau fünf

Stunden ertönte die Ansage, die uns die Landung verkündete. Mama und ich nahmen unsere Taschen und verließen das Flugzeug.

Ich fror, als wir eine halbe Ewigkeit später in einem Taxi hockten. Der Taxifahrer verstand unsere Sprache nicht, konnte wenig Englisch und kommunizierte, soweit es ging, mit Händen und Füßen. Er fuhr mit uns über eine fast leere Straße und hielt an einer Ampel. Ich sah aus dem Fenster. Plötzlich merkte ich, wie Mama neben mir unruhig in ihrer Tasche wühlte.

»Alles okay?«

Sie runzelte die Stirn, biss sich dann auf die Lippe und tastete das Seitenfach ihrer Tasche ab. Sie suchte nach ihren Wertsachen. Nach ein paar Sekunden schaute sie mich verzweifelt an.

»Es ist weg. Mein Geld, meine Karten. Einfach ALLES!«

Ich bekam einen großen Schreck. Hoffnungsvoll durchwühlte ich auch meine Sachen. Aber ich erinnerte mich wieder daran, dass ich mein Taschengeld zuhause gelassen hatte.

»Es muss geklaut worden sein. Irgendwo am Flughafen.«

»Oder im Flugzeug«, ergänzte ich und hatte sofort meinen seltsamen Sitznachbarn in Verdacht. Jedoch sagte ich dazu nichts, denn ich wusste, dass es völlig aus der Luft gegriffen war.

Weil wir ohne Wertsachen nicht zahlen konnten, ließ uns der Taxifahrer an der nächsten Ecke hinaus. Ich setzte mich auf einen kalten Stein und Mama lief wie ein Tiger im Zoo auf und ab. Sie hielt ihr Handy am Ohr und versuchte Kontakt zu Carolin aufzunehmen, schließlich mit Erfolg. Ich zitterte vor Kälte und hoffte, dass uns bald jemand abholen würde. Genau das passierte dann auch eine halbe Stunde später. Der Kirchturm schlug 22 Uhr, als wir im Stockdunkeln durch die Straßen einer fremden Stadt fuhren. Ihren Namen konnte ich mir nicht merken und er war mir auch egal, denn ich hoffte einfach nur, dass ich die Zeit hier gut überstand und so schnell wieder nach

Hause kam. Carolin plauderte, was das Zeug hielt und bekam sich vor Begeisterung über unsere Ankunft gar nicht mehr ein.

»Ich finde es toll, dass ihr uns endlich einmal besuchen kommt. Julia freut sich auch sehr auf dich, Liz.«

»Wohnt ihr noch weit von hier entfernt?«, fragte ich ein paar Minuten später. Diesmal schüttelte Carolin den Kopf und lenkte das Auto in eine Seitenstraße.

»Dahinten ist es.«

Wir hielten an einem riesigen Haus, das ich in der Dunkelheit kaum erkennen konnte. Nur ein paar vereinzelte Laternen erleuchten eine breite Einfahrt. Dass jemand so viel Geld besaß, um das alles hier zu finanzieren! Woher Mama Carolin wohl kannte? Wo knüpfte man solche Kontakte?

Carolin schloss die Tür auf und ließ uns hinein. Drinnen war es ebenfalls dunkel, sodass sie das Licht anmachte. Der Flur war atemberaubend groß. Gleich im Eingang hing ein antiker Leuchter, der durch den großen Spiegel an der Wand seine imposante Wirkung verdoppelte. Die Fenster wurden von Vorhängen bedeckt und ein weiß lackierter Schrank diente als Garderobe.

»Julia?«

Ein Mädchen, fast genauso groß wie ich, mit hellblonden Haaren, kam die Treppe herunter. Mama nahm sie in den Arm. Julia ließ das geschehen, reichte mir jedoch nur schlicht die Hand.

»Zeig Liz doch mal dein Zimmer und hilf ihr beim Tragen«, meinte ihre Mutter. Julia griff wortlos nach einer Tasche. Erschöpft lief ich mit ihr die Treppe nach oben und betrat einen hellen Raum. Über dem weißen Türrahmen hing ein großes Schild, auf dem mit verschnörkelter Schrift JULIA stand.

»Schön hast du es hier!«, sagte ich, weil mir unser Schweigen unangenehm wurde. Aber sie nickte nur, stellte meine Tasche ab und setzte sich aufs Sofa. Ich blieb höflich stehen.

»Schön, dass wir uns endlich kennenlernen.« Bei diesen Worten handelte es sich um einen zweiten Versuch, ein Gespräch anzufangen. Julia nickte wieder nur. Ich nahm also meinen Koffer, machte ihn auf und zog meine Schlafsachen heraus. Fragend zog ich eine Braue hoch.

»Das Bad ist dort hinten«, erklärte Julia.

Okay. Wenigstens konnte sie sprechen.

Die Ankunft

Ganz vorsichtig griff ich nach meiner Tasche und zog das Buch heraus. Ich hatte Angst, dass Julia wach wurde. Das Schweigen am Abend hatte mir schon gereicht. Wieso war sie nur so merkwürdig zu mir? In Gedanken versunken schlug ich das Buch auf und überflog die letzte Zeile, die ich gelesen hatte. Danach las ich weiter.

»Heulst du immer, wenn du liest?« Als ich hochguckte, schaute ich in Julias Augen. Ich schüttelte den Kopf.

»Was liest du gerade?«, fragte sie.

Schnell schlug ich das Buch zu und zeigte es ihr. Sie grinste.

»Komm! Es gibt Frühstück.« Ich schlug die Bettdecke zur Seite und stand auf.

Julia saß schon auf ihrem Platz am Tisch, als ich angezogen das Wohnzimmer betrat. Es war ebenfalls ziemlich groß, hatte einen schönen Kamin und einen Parkettboden. In einer Ecke stand eine alte Standuhr, die elf schlug. Mama sah immer noch ziemlich fertig aus und Carolin und sie warfen sich immer wieder mysteriöse Blicke zu. Wir setzen uns an den Frühstückstisch und warteten darauf, dass Caro uns frisches Brot hinstellte. Meine Hand griff schließlich nach einer Scheibe. Hungrig biss ich hinein. Mama schenkte uns Milch ein. Es hatte die Nacht ziemlich heftig geschneit und Julia schlug vor, hinauszugehen. Ich war begeistert und freute mich über ihren Stimmungswandel. Wir deckten also wenig später gemeinsam den Tisch ab, zogen uns dicke Sachen an und stürmten hinaus in den Garten.

Mit einem Schlitten fuhren wir dort einen kleinen Hügel hinunter und hatten großen Spaß. Mama brachte uns Tee hinaus und wir wärmten uns wieder auf.

Fast zwei Stunden vergingen in der Kälte, als Julia auf einmal stehen blieb und mich anschaute.

»Tut mir übrigens leid wegen gestern. Ich kann nicht so gut mit Fremden umgehen.« Sie lächelte. Ich war sehr erleichtert und mir fiel ein Stein vom Herzen. Julia hatte also doch nichts gegen mich. Kichernd warf ich einen Schneeball in ihre Richtung.

Sie duckte sich und rief: »Na warte. Das kriegst du zurück.«

Ich wurde am Arm getroffen und griff erneut in den Schnee. Wir blieben noch eine ganze Weile draußen, doch bald verging uns die Lust und wir liefen ins Haus, wo es nach leckerem Mittagessen roch. Es gab Spaghetti mit Tomatenpesto und wir machten uns wild darüber her. Carolin war eine tolle Köchin, stellte ich fest. Nach dem Essen verzogen wir uns auf Julias Zimmer und schauten eine DVD, doch Mama kam hinzu und wollte, dass ich endlich meinen Koffer auspackte. Julia räumte eine Hälfte ihres Kleiderschranks frei und ich sortierte meine T-Shirts und Jeans ein. Bevor ich mein Tagebuch darunter verstaute, schloss ich es auf und warf einen Blick hinein. Der letzte Eintrag lag gefühlte Jahrzehnte zurück und ich beschloss etwas hineinzuschreiben. Julia konzentrierte sich auf Hausaufgaben. Während ich nachdachte, worüber ich schreiben sollte, biss ich auf meinem Füller rum. Dann fiel mir etwas ein und ich schrieb los. Schließlich überflog ich noch einmal die Zeilen und legte das Tagebuch unter meinen Lieblingspullover.

»Bist du fertig?«, fragte ich Julia über den Stand ihrer Hausaufgaben. Sie nickte und schob das Heft zurück.

»Was wollen wir machen?« Suchend sah sie sich in ihrem Zimmer um. Ich überlegte. Konnte ich Julia wohl von meinem Problem erzählen?

»Wie lang kennen sich unsere Eltern eigentlich schon?«

»Ich glaube, wir waren ein halbes Jahr alt«, entgegnete Julia.

Mist, dann wussten Julia und Carolin womöglich gar nichts über Mamas Vergangenheit. Aber vielleicht hatte Mama den Mann auch kennengelernt, als ich schon auf der Welt war. Vielleicht kannte Julia den Fremden und er war ganz harmlos. Vielleicht war alles nur ein großes Missverständnis und ich hatte mir umsonst den Kopf darüber zerbrochen. Dies alles wäre so toll. Mein Leben wäre genial. Ferien, Freunde, leckeres Essen, Schnee!!!

Plötzlich wurde mir bewusst, wie misstrauisch ich war. Schließlich war fast gar nichts passiert. Niemand durfte je davon wissen. Mama wäre bestimmt enttäuscht, wenn ich ihr so etwas zugetraut hätte. Ich war wirklich ein Dummkopf. Oder?

Julia erwies sich dann als enormer Glückspilz, weil sie sich nicht jeden Morgen wie normale Jugendliche in die Schule schleppen musste. Denn wie ich am Montag feststellen konnte, wurde sie privat unterrichtet. Dazu kam Herr Schuster jeden Wochentag vorbei und erklärte ihr Dinge wie die binomischen Formeln und die Mendelschen Gesetze. Caro hatte mir angeboten, an den *Sitzungen* teilzunehmen, und da ich eh Angst hatte bei meinem Unterricht daheim zu viel zu verpassen, willigte ich ein. Und so hockte ich neben einer gelangweilten Julia im Arbeitszimmer und schrieb auf einen Block etwas über das Dritte Reich.

In Gedanken war ich ganz woanders, und auch wenn ich mich immer wieder zum Aufpassen ermahnte, gelang es mir nicht ganz, mich zu konzentrieren.

»Wieso?«, murmelte Julia genervt und fuhr langsam mit einem Bleistift über das karierte Blatt, auf dem sie eigentlich das von Schuster Diktierte aufschreiben sollte. Mittlerweile war dort aber der Umriss eines Totenkopfs entstanden, was mich zum Schmunzeln brachte.

»Weil die Leute Angst hatten. Sie fürchteten Hitlers Macht und unterwarfen sich seinen ...«

»Das meine ich doch nicht. Wieso muss ich den Stoff lernen? Wir müssten nicht so ins Detail gehen.«

Schuster lachte. »Das steht nun mal auf dem Lehrplan.«

Ja, das Leben ging nach Plan. Alles nur nach Plan. Und wenn einer dann mal nicht aufging, dann machte man weiter. Man sollte nicht denken in unserer Gesellschaft, sondern das machen, was verlangt wurde. So stand es schließlich auf dem Lehrplan. Ich schüttelte mich innerlich. Aber einen Vorteil hatte das Ganze: Wenn man irgendwann scheitern würde, konnte man immer noch behaupten, der Plan habe dies vorgesehen. Aufgebracht wandte ich meinen Blick zurück zu Herrn Schuster. Irgendwie gelang es mir dann auch, ihm etwas zu folgen. Schließlich war es so planmäßig vorgesehen.

Was verbirgt das Schweigen?

»Gewonnen«, rief Mama und ich warf ihr einen spielerisch wütenden Blick zu.

»Na warte. Die nächste Runde geht an mich.« Carolin ließ den Würfel auf das Spielfeld fallen und kicherte kindisch. Angespannt schauten wir auf die gewürfelte Zahl.

»Eine Eins«, lachte Julia schadenfroh. Seit mehr als zwanzig Minuten saßen wir an dem großen Wohnzimmertisch und spielten *Mensch, ärgere dich nicht*. Wir waren in der dritten Runde und ich hatte beide Male zuvor haushoch verloren. Nicht nur im letzten Spiel hatte Mama ihre Figuren zuerst ins Haus gebracht, sondern auch beim ersten Mal gewann sie.

»Wer diese Runde gewinnt, entscheidet das Programm für den heutigen Abend. Also, Erwachsene gegen Kinder«, bestimmte Carolin.

»Das ist ja gemein. Mama gewinnt doch sowieso die ganze Zeit«, meinte ich.

»Eben.« Carolin lachte.

»Nein, nein ... Jetzt siege ich.« Julia nahm den Würfel auf die Hand, stellte ihre Figuren auf ihren Platz und sah konzentriert auf das Feld. »NA BITTE«, rief sie und jauchzte.

Ich triumphierte und klatschte Julia ab. Wir würden ja noch sehen, was heute Abend geschah ... Träge, gelangweilt und sauer saßen wir ein paar Stunden später auf der Treppe und schwiegen.

Carolin hatte zuerst sogar eine Kinderbespaßung für uns organisieren wollen und war mit Mama essen gegangen. Zum Glück hatten wir laut protestiert und erklärt, dass man mit vierzehn schon alt genug sei, alleine zu bleiben, und uns durchgesetzt. Aber trotzdem hingen wir nun alleine zu Hause fest. Tatsächlich hatte Carolin Julia in letzter Sekunde vom Feld gestoßen und ihre Figur unversehrt ins Haus geschoben. So ein Pech auch!

»Na komm, wir gehen dann mal nach oben!«, sagte Julia. Als wir die Treppe hochliefen, fiel mein Blick nach draußen.

Leider kam mir sofort wieder der Gedanke an den Fremden. Verdammt, das war doch nicht wahr. Gestern war mir doch bewusst geworden, wie blöd ich gewesen war. Auch wenn ich dieses unangenehme Gefühl verdrängen wollte, das mir sagte, dass etwas nicht stimmte, gelang es mir nicht. Mein Gefühl hatte mich außerdem noch nie getäuscht. Wieso kam ein fremder Mann mitten in der Nacht zu uns?

»Hattet ihr Spaß?«

Ich nickte, aber Mama kannte mich zu gut, um nicht zu sehen, dass es geschwindelt war.

»Und ihr?«, fragte ich deshalb rasch.

»Es war nett. Wir haben uns endlich mal wieder unterhalten und ausgetauscht.«

»Schön.« Ich setzte mich auf Mamas Bett im Gästezimmer und schaute sie von der Seite an. Ich wusste nicht, ob ich sie einfach darauf ansprechen sollte. Eigentlich war ich eher der Mensch, der sein Herz auf der Zunge trug. Das war schon immer so gewesen. Wenn mir etwas nicht passte, versuchte ich es in die Hand zu nehmen und zu ändern. In meinem Kopf ging ich den Gesprächsverlauf durch. Würde sie wütend werden und mich anschreien? Nein, das war nicht ihre Art. Würde sie anfangen zu weinen und ich musste sie trösten? Nein, definitiv auch nicht ihr Ding. Sie war eher der schweigsame Mensch.

»Wie geht's dir eigentlich so?«

Mama sah auf. Sie hatte vorher ihre Sachen ordentlich sortiert. »Guuuut.« Ich war mir nicht sicher, ob sie wusste, worauf ich hinaus wollte.

»Mama?!«

»Liz, alles ist gut und alles bleibt gut. Mach dir doch nicht immer solche Gedanken. Bei mir ist alles .... super.«

Sie log definitiv. Okay, sie wollte es mir nicht sagen. Ich war wirklich mehr als enttäuscht von ihr.

»Wieso? Wieso, bist du so?« Ich begann zu weinen.

»Lizzy, du musst mir glauben. Ich habe alles im Griff und wenn ich deine Hilfe bräuchte, würde ich dich wirklich fragen, aber alles ist gut.«

Meine Tränen tropften auf meine Hose und ich rutschte vom Bett hinunter. Dann riss ich die Tür auf und ging zu Carolin.

»Carooo, hat Mama dir etwas erzählt? Etwas, was vielleicht mich betrifft?« Ich versuchte Konversation zu betreiben.

»Was meinst du?« Sie zog eine Braue hoch.

Ich zuckte mit den Schultern und Carolin deckte den Frühstückstisch mit Butter, Brötchen, Käse, Schinken und Marmelade. Kurz nachdem Carolin Julia und Mama gerufen hatte, kamen sie schon und setzten sich.

»Lasst es euch schmecken. Was habt ihr heute vor?«

»Wir haben noch nichts geplant«, sagte ich und zuckte mit den Schultern.

»Wir können vielleicht zu Frau Wain gehen. Das ist unsere Nachbarin. Sie hat eine eigene Bibliothek im Haus. Du magst doch lesen, oder?«, meinte Julia.

Ich nickte heftig. Lesen bedeutete für mich pures Glück. Die Seiten flüsterten förmlich meinen Namen, während ich mit meinen Fingern über den Einband fuhr. Deshalb freute ich mich sehr über den Vorschlag.

Plaudernd zogen wir nach dem Frühstück los. Ich wollte Julia von meinen Ängsten erzählen, aber ich traute mich nicht. So zuckte ich nur mit den Schultern, weil ich nicht wollte, dass sie mich für verrückt hielt. Dabei hatte ich immer noch dieses seltsame Gefühl im Bauch.

»Moment«, flüsterte Julia und drückte auf den kleinen Knopf, der rechts von der Tür angebracht war. Ich zählte leise im Kopf. Bitttteee! Sie musste da sein. Tatsächlich wurde die Tür einen Spalt weit geöffnet und jemand lugte hindurch.

»Hallo?« Die Stimme war schwach und leise.

»Guten Morgen, Frau Wain. Meine Freundin und ich wollen gerne etwas in Ihrer Bibliothek lesen. Dürfen wir hereinkommen?«

»Gerne, Kinder.« Nun öffnete sie die Tür ganz und wir traten ein. Ihr Haus war wesentlich kleiner als das von Julia und ihrer Mutter und konservativ eingerichtet. Überall hingen Bilder oder standen Blumen, allerdings wirkten die Zimmer so auch warm und persönlich. Frau Wain führte uns in einen großen Raum, der ausschließlich mit Büchern gefüllt war. Ich fragte mich, wieso ein Mensch, der ein kleines Haus besaß, so eine riesige Bücherei hatte. Doch sie gefiel mir und war wesentlich größer als die in unserem Dorf.

Wenn man hineinkam, sah man zuerst eine kleine Vitrine, in der ein sehr altes Buch lag. Die Lettern waren kaum noch lesbar und ich versuchte etwas zu erkennen. Ich starrte die Bücher einen Moment einfach nur an. Die Regale, in denen sie standen, rochen nach altem Holz und ich atmete einige Male ein und aus. Sie gingen fast hinauf zu der zartgelben Decke, an die ein wunderschönes Muster gemalt war. Der Türrahmen war genau wie die Wände mit Stuck verziert. Wunderschön, dachte ich und konnte es kaum erwarten, der Gier nach den alten Buchseiten nachzugeben.

An jedem Regal stand eine Leiter, die den sehnsüchtigen Leser zu den Büchern empor tragen sollte. Ich wollte dort hinrennen, mehrere Stufen gleichzeitig nehmen und meine Nase zwischen die Bücher stecken, aber eine alte Hand hielt mich zurück. Ich drehte mich um.

»Du kannst deine Begierde gleich stillen mein Kind, aber behüte meine Schätze. Keines davon darf fallen oder zerreißen, geschweige denn verdrecken. Sie sind alle schließlich meine Kinder.« Es gab nichts, das ich hätte besser nachvollziehen können.

»Natürlich«, sagte ich.

Wie viele Bücher hier wohl standen? Was war wohl das Lieblingsbuch der alten Frau?! Als ich die erste Stufe der Leiter betrat, klopfte mein Herz.

Vorsichtig holte ich einen dicken Wälzer heraus und schlug ihn auf. Das Papier roch nach Vanille, es war die Biographie eines Dichters, über den wir schon einmal etwas im Deutschunterricht gelesen hatten. Ich wurde rot, denn plötzlich erinnerte ich mich daran, dass ich die Lektüre bis heute nicht zu Ende gelesen, sondern nur eine Zusammenfassung gegoogelt hatte.

Konnte man denn solche Bücher wirklich genauso lesen wie einen belletristischen Text? Meiner Meinung nach nicht. Beim Lesen wollte ich entspannen. Und das ging nur, wenn ich meinen Stoff alleine aussuchte. Beim Lesen war ich oft ziemlich anspruchsvoll. Ich hatte zu jeder Laune ganz bestimmte Vorlieben. Julia saß, in ein Buch vertieft, auf der Fensterbank. »Hast du etwas gefunden?«, fragte ich.

»Hm«, murmelte sie.

Ich überflog die Titel, aber es waren fast nur Bücher über Gesundheit, Biologie oder Geschichte. Die anderen Bücher waren Romane. Ich stieg die Leiter hinunter. Was hatte ich eigentlich gesucht?

Ich hatte mir nicht eingestanden, dass ich klammheimlich nach etwas ausgehalten hatte, was mich über die seltsamen Ereignisse aufklären würde. Ich war verrückt. Ich bildete mir ein, verfolgt zu werden. Das sprach doch wohl für sich. Aber benahm sich Mama nicht fremd und legte ein merkwürdiges Verhalten an den Tag? Beziehungsweise an die Nacht? Ich musste unweigerlich schmunzeln. Traurig setzte ich mich zu Julia und begutachtete den Einband ihres Buches.

»Scharfe Krallen, gelbe Augen« las ich. »Du magst Katzen?«

»Ich finde Katzen wunderbar. Die Art, wie sie gehen und wie sie überall eine perfekte Figur abgeben. Ich wünschte, wir hätten eine als Haustier. Aber manchmal verirrt sich ein Nachbarskätzchen in unseren Garten.«

Ich schaute sie freudig an.

Julia lächelte. »Mia kommt bestimmt einmal, wenn du da bist. Wir können sie dann füttern.«

Mein Leben war zurzeit wirklich sehr kompliziert und ich wusste nicht, wie ich damit umgehen sollte. Früher hatten Mama und ich über Probleme geredet und eine Lösung gefunden. Wir hatten Nächte lang gegrübelt und am Ende war immer alles gut geworden. Sie hatte mich nie unterbrochen, wenn ich Kummer hatte, selbst, wenn unser Gespräch bis tief in die Nacht gegangen war. Ein Kloß entstand in meinem Hals und ich versuchte ihn hinunterzuschlucken. Aber je mehr ich mich bemühte, umso dicker wurde er. Mir wurde auf einmal speiübel. Ich musste hier raus. Schnell! Julia merkte, dass es mir nicht gut ging.

»Wenn du reden willst, dann komm zu mir.« Sie fragte nicht nach, sondern ließ mich einfach in Ruhe. Ich dankte ihr innerlich dafür. Der Kloß verschwand und ich entspannte mich etwas, zwang mich zu einem Lächeln.

»Darf ich mir das Buch ausleihen?«, fragte Julia Frau Wain und zeigte ihr das Katzenbuch. Frau Wain nickte, aber wollte noch etwas sagen.

»Ich weiß, ich werde es nicht beschädigen.« Julia lächelte.

Es war wohl nicht das erste Mal, dass sie ein Buch bei der Nachbarin auslieh. Wir überquerten die Straße und gingen zurück in Julias Zimmer.

Gefühlswirrwarr

Für einen Augenblick dachte ich, es wäre Sommer und ich wäre daheim. Es war genau wie an meinem Geburtstag gewesen, dem 14. Juni. Die Sonne strahlte durch mein Fenster und Mama stand vor meinem Bett, mit einer Torte und vierzehn Kerzen. Sie sang ein Geburtstagslied und ich musste strahlen, ganz so, als sei ich die Sonne! Mama konnte toll singen.

Sie hatte mir früher noch mehr vorgesungen, aber ihre Stimme war immer noch wunderschön. Die Realität holte mich ein, als mich die Kälte an meinen Füßen aufwachen ließ. Ich wickelte sie schnell in die Decke und schloss die Augen. Der Traum sollte mich wieder holen.

Ich wollte wieder Geburtstag haben, aber stattdessen rief jemand laut: »Endlich.« Es war Julia.

»Ich warte schon seit fast zwei Stunden darauf, dass du wach wirst. Wir sollen einkaufen gehen.«

Träge pellte ich meinen Körper aus der kuscheligen Decke.

»Ich bin aber noch total müde!«, schimpfte ich deshalb.

»Müde? Es ist schon fast halb zwölf. Mama braucht die Lebensmittel, sonst kann sie heute Mittag nichts kochen«, sagte Julia.

Die Vorstellung, dass ich ansonsten Caros köstliches Essen verpassen würde, gefiel mir gar nicht und ich sprang auf. Julia runzelte die Stirn.

Mit einem Brot in der Hand holten wir ein Fahrrad aus dem Schuppen, radelten die zugeschneite Straße hinunter und redeten. Sollte ich Julia von den seltsamen Ereignissen erzählen? Konnte ich ihr vertrauen? Ich schüttelte mich. Julia würde mir dann womöglich nichts mehr glauben oder mich, noch schlimmer, für paranoid halten. Darauf konnte ich gerne verzichten. Ich war sehr abgelenkt und versuchte meinen Kummer zu verdrängen. Nach einer Viertelstunde fuhren wir einen Hügel hinunter. Ich war wieder einmal in Gedanken versunken und schwieg. Julia beobachtete mich.

Sie würde mich nicht verstehen. Das konnte sie gar nicht. Sie wusste nichts über uns. Ich fühlte mich richtig hintergangen und verletzt. Es war nicht nur die Unwissenheit, sondern diese Lügen setzten mir zu.

»Man darf nur lügen, wenn man mit der Wahrheit jemanden verletzt«, hatte Mama gesagt, als ich behauptet hatte, keine Schokoladencroissants gegessen zu haben. Damals hatte sie mir nur durchs Haar gewuschelt.Mama würde mich niemals belügen. Es sei denn, die Realität konnte mich verletzen.

Der Wind blies mir ins Gesicht. Ich bin stark, dachte ich und trat ins Pedal. Julia beeilte sich, mir nachzukommen und nicht im Schnee auszurutschen. Meine Augen froren ein vor Kälte und meine Hände zitterten. Ich hatte ein schlechtes Gewissen Julia gegenüber. Sie konnte schließlich nichts für meine Laune. Schuld daran war dieser Hirgli. Er hatte alles zerstört, was ich hatte.

»Kleine oder große Tomaten?«, fragte ich und versuchte einen Blick auf Caros Einkaufszettel zu werfen.

Julia deutete auf die kleinen und ich packte welche in die Tüte. Danach gingen wir in die Fischabteilung und kauften ein Lachsfilet, dazu frischen Salat und Spaghetti, so gingen wir an die Kasse, um zu bezahlen.

Der Rückweg kam mir viel kürzer vor. Das lag aber auch daran, dass Julia und ich uns unentwegt unterhielten. Außerdem kannte ich mittlerweile auch die Straßen halbwegs gut, sodass mir die Gegenden, die wir durchfuhren, bekannt vorkamen und ich immer etwas wiedererkennen konnte.

»Wahnsinn. Hier stehen ja nur so riesige Häuser«, sagte ich und bewunderte die tollen Architekturen und Vorgärten.

»Hier wohnen viele reiche Erben und erfolgreiche Geschäftsleute.«

Mich interessierte auch, woher Carolin das ganze Geld hatte, um hier zu leben, aber ich traute mich nicht danach zu fragen, weil ich es als unangemessen fand, mit Julia über Geld zu sprechen.

»Meine Mutter hat lange für ein hohes Tier in einer biologischen Einrichtung gearbeitet und eine Menge Geld verdient«, sagte sie dann von alleine. Ich nickte nur, weil ich mir plötzlich ziemlich blöd vorkam. Ich konnte zwar nicht behaupten, dass wir wenig Geld hatten, aber im Vergleich zu den Villen, die hier standen, fühlte ich mich auf einmal entsetzlich klein.

»Und deine Mutter?« Julia jedoch schien von meiner Verlegenheit nichts mitbekommen zu haben und plapperte munter weiter. »Mama sagt, sie habe damals eine Menge Geld bekommen.«

Ich schluckte und sah sie verwirrt von der Seite an. »Wie meinst du das?«

Darauf wusste Julia nichts zu antworten.

»Geld bekommen«, schnaufte ich. »Wie das klingt. Sie geht arbeiten wir jeder andere auch. Außerdem hat mein Vater ihr auch etwas gelassen, bevor er durchgebrannt ist.«

Wir schwiegen eine Weile, bis Julia ein neues Gespräch anfing.

»Hast du die Katze gesehen?«

Hier war eine Katze gewesen? Erschrocken riss ich das Lenkrad herum und fiel beinah vom Sattel. Die Reifen schlitterten über den Schnee, sodass mein Herz einen großen Sprung machte. Im letzten Moment, bevor ich fiel, konnte ich mich jedoch noch mit den Füßen abstoppen.

»Katze«, wiederholte Julia und lachte. »Kein Krokodil, kein Nashorn und keine fliegende Spinnenarmee.«

Ich versuchte zu lächeln und stieg zurück auf den Sattel. »Ich war nur in Gedanken.«

»Mia gehört zu unseren Nachbarn. Sie kommt im Winter oft bei uns im Garten vorbei und jagt. Ich finde sie total niedlich. Manchmal rennen sie so schnell, dass man sie kaum wahrnimmt, und manchmal pirschen sie sich an etwas heran.«

Ich nickte nur, weil ich nicht wusste, was ich sagen sollte. Auf jeden Fall verwirrte mich die Tatsache, dass auf einmal überall, wo ich hinkam, Katzen waren. Wieso hatte ich sie all die Jahre vermeiden können?

Zuhause angekommen, setzte ich mich auf ein Kissen und schaute in den Garten. Julia hatte versprochen, die Einkäufe alleine auszuräumen und mich fürs Kochen zu rufen. Ich brauchte meine Ruhe, mir war alles zu viel. Deshalb hatte ich vorgegeben, fürchterliche Kopfschmerzen zu haben.

Die angespannte Situation brachte meinen Magen durcheinander. Überall lag Schnee, ich hörte eine CD und schaute hinaus. Dicke kleine Flocken rieselten vom Himmel und legten sich dann auf die Rasenfläche. Alles sah so ruhig und friedlich aus. Es war, als würde die Welt schlafen.

***

»Doch kein Chili!«, schrie Julia, nahm mir das rote Zeug aus der Hand und reichte mir eine Paprika. In Gedanken versunken, hatte ich nach irgendetwas Rotem gesucht und es klein geschnitten. Diesmal versuchte ich mein Glück mit der Paprika. Mama war immer noch auf ihrem Zimmer und Carolin hatte kein Wort mehr mit uns gesprochen.

Jedoch war mir das gerade egal. Meine Gedanken waren bei Mia. Nachdem auch die Nudeln ordnungsgemäß im Kochwasser waren und Julia die Soße zubereitet hatte, verabschiedeten wir uns ins Zimmer. Das Essen musste noch eine ganze Weile kochen.

Julia wollte weiter *Gossip Girl* gucken, ich holte mein Tagebuch aus dem Schrank, um etwas zu schreiben.

Carolin rief uns bereits zehn Minuten später zum Essen. Julia war genervt, weil sie mitten in einer Folge unterbrechen musste, aber ich war froh, denn mein Magen hatte eindeutig Hunger angekündigt. Ich flitzte also als Erste die Treppe nach unten und lief zum Tisch.

»Mann, das riecht ja fantastisch«, rief ich und schloss die Augen, um den Geruch noch besser aufnehmen zu können.

»Wenn das so schmeckt, wie es riecht, dann haben wir wirklich ganze Arbeit geleistet, Liz«, rief Julia und ließ sich neben mich auf einen Stuhl sinken.

Caro brachte das Essen zum Tisch und wir schlugen kräftig zu.

So lagen wir alle an diesem Abend mit vollen Bäuchen in unseren Betten. Das Licht war bereits ausgeschaltet, aber durch das Fenster konnte ich den Mond sehen, der genau auf meine Matratze leuchtete. Ich fühlte mich auf einmal unglaublich geborgen und versuchte die bösen Gedanken einfach zu verdrängen. Zum ersten Mal seit diesem seltsamen Abend, an dem der Fremde aufgetaucht war, schien es mir zu gelingen. Wärme durchfuhr meinen Körper und er wurde von heißen Glücksgefühlen durchwandert. Mit diesem Gefühl ging der Tag für mich zu Ende.

Die kleine Katze spricht

Am Abend schlug Caro vor, einen Film zu sehen. Wir wollten es uns am Kamin gemütlich machen und dabei ein bisschen in die vorweihnachtliche Atmosphäre eintauchen. Also holten Julia und ich eine riesige Keksdose aus dem Keller und machten uns über sie her. Ich muss sagen, das Spritzgebäck schmeckte mit seinem zarten Kokosgeschmack himmlisch und auch die Zimtsterne, deren Zuckerguss auf den Lippen langsam schmolz, war ein vorzeitiges Geschenk an meine Geschmacksnerven. Mama kochte mit Caro heißen Kakao und Kinderpunsch auf, Julia und ich hockten währenddessen auf dem Sofa und zappten durch die Fernsehkanäle.

»Comedy, Tragödie, Castingshow.« Genervt wandte ich mich der Küche zu.

»Von wegen vorweihnachtlich. Das Fernsehprogramm ist so weihnachtlich wie Limonade bei dreißig Grad Mallorca.«

Wir lachten und waren enttäuscht.

»Ich hatte mich jetzt so auf etwas Stimmungsvolles gefreut«, merkte Julia an und verschränkte die Arme vor der Brust.

»Na, vielleicht haben wir ja noch eine DVD«, schlug Caro vor. Dadurch zauberte sie Julia ein breites Strahlen ins Gesicht und kurz darauf war sie abgelenkt.

Ich beobachte das Szenario und starrte in den Kamin, aus dessen Glut kleine Funken traten. »Herrlich«, sagte ich. »Schade, dass wir so etwas nicht haben.«

Mama nickte.

»Vielleicht verdienst du ja bei deinem neuen Job mehr.« Ich lächelte freudig.

Daraufhin sagte Mama erst einmal nichts. Nur Caro machte ein erstauntes Gesicht.

»Du hast eine neue Arbeit gefunden?«

Mama zuckte mit den Schultern. »In erster Linie war es ein Vorstellungsgespräch. Ob ich den Platz bekommen hätte, wäre etwas anderes gewesen.«

Ich sah sie verwirrt an. »Hätte ... Wäre? Wovon sprichst du?«

Mama machte eine abweisende Handbewegung. »Jetzt sind wir ja erst mal hier und ...«

Julia rief dazwischen, sie habe etwas Schönes gefunden. Mama schien erleichtert über diese Unterbrechung und lächelte erfreut. Caro verwöhnte uns dann mit heißen Getränken und trieb noch irgendwoher dicke Decken auf.

»So was haben wir ewig nicht mehr gemacht«, sagte ich zu Mama und strahlte.

Ich erinnerte mich tatsächlich nur an solche Abende, die schon eine Ewigkeit zurücklagen. Einmal waren wir eingeschneit gewesen, nicht vor die Tür gekommen und hatten uns vorgestellt, für immer im Haus bleiben zu müssen.Mama hatte Suppe gekocht und aus dem Keller Kerzen geholt.

Ich zuckte zusammen. Caro hatte etwas gesagt.

»Kann Liz das nicht eben machen?« Julia sah zu mir.

Ich fuhr herum. »Was machen?«

Sie deutete auf den Kamin. Das Feuer war fast erloschen.

»Brennholz aus dem Garten holen.«

Ich nickte. Eigentlich hatte ich keine Lust, hinaus in die Kälte zu gehen, aber anderseits traute ich mich auch nicht zu widersprechen. Also stand ich auf, ließ die Decke, in die ich mich gewickelt hatte, fallen und ging zur Gartentür. »Und wo genau?«

Caro, die damit beschäftigt war, alle Teelichter auf dem Tisch anzuzünden, deutete auf das Gartenhaus und den darunter stehenden Kaminholzstand.

»Ah.« Ich nickte, schlüpfte in meine Schuhe und öffnete die Tür.

Der eisige Wind empfing mich und ich verzog das Gesicht. Ich wollte mich beeilen, schnell wieder zurück ins Haus gehen. Also lief ich rasch in Richtung Gartenhaus. Der Schnee knirschte unter meinen Füßen und aus einem mir unbekannten Grund bekam ich plötzlich Gänsehaut. Es fühlte sich alles so schön an. Wenn Mama jetzt doch nur nicht so seltsam wäre, dachte ich und versuchte tief durchzuatmen. Es könnte das schönste Weihnachtsfest meines Lebens werden, obwohl ... Nein, wir würden hier sicherlich nicht so lange bleiben.

Dennoch wollte ich zumindest die Vorweihnachtszeit ausnutzen. Ich hatte noch so viel zu erledigen. Ob es hier einen großen Weihnachtsmarkt gab, so einen wie in Büchern? Letztens hatte ich Rike in der Schule gefragt, wie es bei uns in der Stadt mit Weihnachtsmarkt aussehe. Sie hatte nur gelacht und schließlich die Stirn gerunzelt. Ja, vielleicht war es komisch, mitten im August nach dem Weihnachtsmarkt zu fragen. Aber was sollte es schon? Es war mir halt plötzlich in den Sinn gekommen. Endlich bei dem Holzstapel, griff ich nach drei Stücken. Meine Finger froren und ich fürchtete, sie würden mir jeden Augenblick abfallen. Auch meine Nasenspitze war sicherlich rot wie die von Rudolph, dem Rentier. Ich lachte innerlich auf. Dann starrte ich in die Nacht. Etwas hatte sich dort vorne bewegt.

Jedes andere Kind hätte vielleicht bei einem Außerirdischen, einer pinken Ratte oder bei Elvis Presley so reagiert. Aber der Grund meiner Unruhe war eine kleine Katze, die hinter dem Zaun saß und mich mit ihren strahlend gelben Augen anschaute. Selten hatte mein Herz so geklopft wie in diesem Augenblick.

Ich hatte nur Augen für die Katze. Sie blickte mich auch an.

»Miauuu.«

Ich streckte die Hand aus. Auf ihren zarten Pfoten tapste sie zu mir.

»Komm her«, wisperte ich. Tatsächlich gehorchte sie.

»Was machst du denn hier?«

Das Kätzchen sah mich an und mir wurde plötzlich schwindlig. In meinem Kopf drehte sich alles. Mir wurde so schlecht, dass ich mich in den Schnee legen musste. Aber ich fror nicht. Die Kälte war angenehm, und als der weiche Kopf des Tieres meine Stirn berührte, war es so still, dass ich mein Herz klopfen hören konnte. Der Wind blies mir um die Ohren und ich verlor jegliches Zeitgefühl. Lange, bestimmt einige Minuten, blieb ich liegen. Meine Hose wurde ganz nass, aber die Katze blieb. Und das war das Wichtigste. Ich hörte Julias Stimme, wahrscheinlich dachte sie, ich würde jetzt vollkommen durchdrehen. Vielleicht tat ich das ja auch?! Die Katze legte sich auf meinen Bauch und schnurrte. Mein Puls raste, und auch wenn es unmöglich klingt, hatte ich das Gefühl, sie zu verstehen. Als sie meine Wange leckte und mir tief in die Augen schaute, war ich mir sogar sicher. Und ich verstand nicht nur sie, sie verstand auch mich.

Ein Glücksgefühl ging durch meinen Körper. Aber plötzlich spürte ich Julias Hand an meiner Schulter. Bitte, dachte ich. Hau ab! Sie sollte wieder gehen, mich und die Katze alleine lassen.

»Liz, was machst du denn da?« Sie zog mich hoch und klopfte den Schnee von meinen Sachen. Dann machte sie eine Handbewegung und die Katze verschwand.

»NEIN«, wollte ich rufen, aber aus meinem Hals kam kein Ton. Meine Kehle war wie zugeschnürt.

»Was war denn los?«, fragte Julia.

Ich antwortete nicht, sondern sah verträumt durch den Garten. Das Kaminholz war neben mich in den Schnee gefallen.

»Wie heißt eure Nachbarskatze?«

»Mia.«

Wie bestrahlt sah ich den Weg entlang, den die Katze eingeschlagen hatte.

»Komm schon! Wir wollten doch den Kamin anzünden.«

Unglücklich sah ich sie an und zog meine Mundwinkel nach unten. Aber morgen war ja auch noch ein Tag. Mia war schließlich nicht aus der Welt.

Herr Schuster kam an diesem Morgen zu spät zum Unterricht. Er erklärte, draußen habe es einen Unfall gegeben und er sei nur schwer durch den Verkehr gekommen. Caro winkte ihn hinein und schickte ihn in das Arbeitszimmer, in dem Julia und ich bereits hockten und unsere Blöcke mit unsinnigen Zeichnungen vollklatschten.

»Guten Morgen«, murmelten wir immer noch schlaftrunken und legten unsere Stifte artig beiseite.

»Entschuldigt meine Verspätung, Kinder.« In einem Wortschwall wiederholte er seine Geschichte mit dem Unfall, obwohl wir sie bereits durch die Tür gehört hatten.

»Heute widmen wir uns erneut dem Fach Geschichte«, erklärte er und wies Julia an, das Buch herauszunehmen.

Sie gehorchte und wir schlugen das Buch auf. Die Seite, die Herr Schuster uns angab, zeigte das Bild eines Henkers.

»Wahnsinn«, stieß Julia hervor. »Dass man Verbrecher früher einfach umgebracht hat.«

Ich merkte an, dass es diese Bestrafungen noch immer in einigen Ländern dieser Welt gab.

»Nicht nur Verbrecher, Julia«, sagte Herr Schuster und verzog das Gesicht. »Damals wurden auch Hexen verbrannt.«

»Hexen gibt es doch gar nicht«, lachte Julia.

»Sie wurden für Hexen gehalten, weil sie anders waren.« Ich musste husten. Dabei schoss mir eine Träne ins Auge. Ich war auch anders. Ich hatte mit der Katze reden können. Mit mir stimmte etwas nicht. Und dass Anderssein so hart bestraft wurde, machte mir Angst.

»Alles in Ordnung?«, fragte Julia. Sie legte ihre Hand auf meine und sah mich besorgt an.

Ich nickte. In mir zitterte alles. Was würde man mit mir tun, wenn herauskam, dass ich anders war? Aber was war passiert? Ich hatte mal von Genmanipulationen gelesen. Und Mama? Wusste sie davon, dass mit mir etwas nicht stimmte? Versuchte sie deshalb, mich zu schützen?

»Zum Glück sind diese Zeiten vorbei«, murmelte Julia und schlug die Seite im Geschichtsbuch um. »Sieh mal Liz. Da ist noch ein Bild!«

Wie benebelt folgten meine Augen ihrem Blick. »In manchen Kulturen werden Menschen noch immer verstoßen, die nicht in die Gesellschaft passen.« Herr Schuster wühlte in seiner Tasche. »Hier habe ich eine Kopie für euch.«

Mehr hörte ich nicht mehr von dem, was er sagte. Mir wurde übel. Was drohte mir? Ich nahm mir vor, das alles für mich zu behalten. Solange bis ich wusste, wieso ich nicht normal war. Normal, dachte ich. Was war schon normal?

Die drei Männer

Fahles Mondlicht schien durch das kleine Fenster in Julias Zimmer. Sie selbst schlief tief und fest, aber ich drehte mich die ganze Zeit nur hin und her.

Mia, Mia, Mia ... Wieso hatte ich sie verstanden? War ich einfach nur wirr im Kopf, musste ich vielleicht in die Psychiatrie? Meine Freundin hatte mir einmal von einem Mann erzählt, der behauptet hatte, ein fliegendes Kind gesehen zu haben. Ein paar Wochen später wurde er eingewiesen und man hatte nichts mehr von ihm gehört.

Okay, so wollte ich nicht enden. Ich musste also schweigen! Es würde vielleicht schwierig werden, aber das war es mir wert. Ich zog meine Bettdecke über die Schultern und schloss die Augen. Blitzschnell riss ich sie wieder auf. In meinem Kopf war ein Bild von dem Fremden entstanden. Er hatte Mia mit seiner Hand in den Nacken gegriffen und schäbig gegrinst. Ein Schauer lief mir über den Rücken und ich zog die Decke noch ein wenig höher.

»Julia? Bist du noch wach?«, fragte ich, aber ihre Antwort war nur ein zartes Schnarchen.

Ich spürte einen Stich im Herzen. Für einen Augenblick überlegte ich, Mama zu wecken und ihr zu erklären, dass es so nicht weitergehen konnte. Bevor ich jedoch einen Entschluss gefasst hatte, überfiel mich die Müdigkeit und ich schlief ein.

Ich schreckte hoch. Auf meiner Stirn glänzten Schweißperlen und ich atmete schwer. Meine Haare klebten am Kopf und ich fuhr darüber. War es schon Morgen? Durch die geschlossenen Fensterläden konnte ich zwischen Tag und Nacht nicht unterscheiden, so schob ich die Decke zur Seite und schlich zu Julia. Sie murmelte etwas im Schlaf. Vorsichtig griff ich nach ihrem Handy, um auf die Uhr zu schauen. Es war nicht Julias Handy, es war Caros.

Sie mussten es verwechselt haben, schließlich war es das gleiche Modell. Die Neugier war in mir geweckt. Wie automatisch fuhren meine Finger über die Tasten und ich öffnete das SMS-Fach. Caro hatte ziemlich viele in den letzten Tagen erhalten. Einige waren von einem Simon. Er schrieb, dass er Caro in einigen Wochen erwartete und sich auf ihr Treffen freute. Ich bekam ein schlechtes Gewissen, weil man ja nicht einfach anderer Leute Nachrichten lesen durfte, aber ich MUSSTE etwas erfahren. Die nächste SMS war von Julia. Ich ließ sie ungeöffnet und nahm mir eine von Mama vor.

Ehe ich jedoch etwas lesen konnte, bewegte sich etwas im Flur. Ich ließ das Telefon fallen und sprang auf meine Matratze. Auf der Treppe hörte ich Schritte, sie waren langsam und vorsichtig. Ich versuchte leise zu atmen. Wer war das? War es Mama? Oder Caro? Vielleicht ja auch Julia? Nein! Sie lag im Bett neben mir und schlief friedlich. Ob ich hinuntergehen sollte? Das traute ich mich nicht!

Mein Körper verkrampfte und schlüpfte unter die Decke. Wenn ein Einbrecher im Haus war, dann sollte man möglichst so tun, als ob man schlafe. So hatte es Mama mir einmal gesagt. Das tat ich auch.

Nach einer Weile der Angst beruhigte ich mich und lauschte. Alles war still. Womöglich hatte ich mir die Schritte nur eingebildet. Ich vergrub mein Gesicht im Kissen und schlug mit den Fäusten darauf. Plötzlich hielt ich inne. Wenn ich so weitermachte, wurde Julia wach. Darauf konnte ich gerne verzichten. Sie hielt mich sowieso für verrückt. Bestimmt.

Als ich mich gerade zurücklehnen und versuchen wollte zu schlafen, wurde ich auf ein Geräusch aufmerksam. Da waren Stimmen, Männerstimmen.

Männerstimmen? Es erinnerte mich sofort an jenen Abend, an dem Hirgli aufgetaucht war. Ob es nur irgendwelche Junkies waren, die betrunken durch die Gassen liefen und andere Menschen anpöbelten? Nein! Es waren klare Stimmen. Sie unterhielten sich. So viel konnte ich feststellen. Mit weichen Knien stand ich wieder auf und ging zum Fenster.

Ich fror. Nicht nur meine Füße sehnten sich nach meiner warmen Decke, sondern auch meine Arme zitterten vor Kälte. Trotzdem machte ich das schräge Fenster auf. Ganz blass konnte ich drei Personen erkennen. Anfangs konnte ich nur an ihren dunklen Stimmen feststellen, dass sie Männer waren. Doch dann kamen sie näher und ich erkannte einen von ihnen. Es war Hirgli. Er hatte uns gefunden, und diesmal hatte er zwei Männer mitgebracht. Ohne zu zögern rannte ich in den Flur. Dort kam mir Mama entgegen. Sie war unten gewesen, ich hatte mir die Schritte also nicht eingebildet. »Bleib hier, Liz.« Sie wollte mich zurückhalten, aber ich weigerte mich. »Nein«, sagte ich. »Diesmal bleibe ich bei dir.«

Diesmal konnte sie mich nicht abhalten.

Als ich in meinem himmelblauen Nachthemd durch den Schnee stapfte, lief mir ein Schauer über den Rücken. Mia hockte auf der Mauer im Garten, sie hatte einen Buckel gemacht. Ich wollte zu ihr gehen, ihr von meiner Angst erzählen, aber Hirglis Hand hielt mich zurück.

Er war wiedergekommen, er hatte uns gefunden und er würde etwas verlangen. Vielleicht war das jetzt die Stelle, an der ich seinen Wunsch erfahren würde, aber seine Stimme erklang nicht, als ich wieder fragte. Es existierte nur die Stille. Mamas Lippen waren wie versiegelt, Caro und Julia schliefen, sie hatten den unheimlichen Besuch tatsächlich nicht bemerkt. Mama sollte eine Nachricht für sie hinterlassen. Sie schrieb, dass wir nach Hause gefahren waren und dass es uns gut ginge. Wir würden bald unsere Sachen abholen.

Aber mir ging es nicht gut. Mir fiel auf, dass ich mein Handy oben liegen gelassen hatte. Ich wollte es schnell holen gehen, aber ich konnte meine Beine nicht mehr bewegen, sie waren wie gelähmt. Oft hatte ich mir vorgestellt, entführt zu werden. Treten würde ich die Bösen, um Hilfe schreien und die Entführer vom Guten überzeugen. In meiner Vorstellung war das ganz leicht gewesen.

Doch plötzlich war alles anders. Mein Körper spielte nicht mit. Diesmal war ich nicht zu Hause, diesmal war nicht mein Geburtstag, diesmal gab es keinen Kuchen. Diesmal war ich in dem dunklen Anhänger eines Autos. Diesmal war es Nacht. Diesmal gab es das mulmige Gefühl in meinem Bauch, das sich nicht verdrängen ließ. Aber anstatt zu weinen, versuchte ich meine Fesseln zu lösen und den unangenehmen Geschmack des Knebels zu verscheuchen.

»Professor Doktor Julius Hirgli«, stellte der Fremde sich vor. Der andere Mann, er war wie Hirgli ungefähr 55 Jahre alt, hockte neben Mama. Diese schlief. Er stellte sich als Cornelius Obermann vor. Hirgli nahm mir den Knebel aus dem Mund.

»Hier drinnen kannst du schreien, so viel du willst«, sagte er.

»Was haben Sie mit meiner Mutter gemacht?«, fuhr ich die Männer an.

Obermann deutete auf ein kleines Fläschchen, das neben ihm stand. Ich versuchte den Schriftzug auf dem Etikett zu lesen, aber er war zu klein gedruckt. Hirgli folgte meinem Blick und lachte böse. »Sie wird sich nur etwas ausschlafen.«

»Was wollen Sie von uns?« Nun zupfte er an seinem Mantel, der sehr alt und löchrig war, und zischte etwas wie »das wirst du noch früh genug erfahren.«

»Ich will es aber jetzt wissen.« Ich fragte mich, woher ich den Mut nahm, so zu schreien, aber es war wahrscheinlich die Verzweiflung, die mir Kraft gab. »Wohin fahren wir denn?«, fragte ich deshalb.

»An einen Ort, an dem wir ungestört sind. An einen Ort, der dir dein wahres Ich zeigen wird, mein Kätzchen.« Ich schauderte, als Hirgli diese Worte aussprach. Schon wieder hatte er mich so genannt. Das wollte ich nicht. Es erinnerte mich sofort an Mia. Wieso war ich nicht bei ihr? Sie war mir so ähnlich. Für jeden anderen klang es vielleicht seltsam, aber ich fühlte mich mit ihr verbunden. Ich fror wieder, diesmal an den Beinen. Mein Nachthemd war schließlich ziemlich kurz.

»Mir ist kalt«, sagte ich.

Hirgli warf mir eine Decke zu, die wohl die ganze Zeit im Auto gelegen hatte. Sie roch nach Zigaretten und Alkohol. Wann würde Mama endlich wach werden? Ich fürchtete mich. Mir wurde plötzlich klar, dass wir entführt wurden. Man las über solche Verbrechen in der Zeitung, hörte darüber etwas durch Gespräche und übers Fernsehen. Aber bis heute hatte ich immer gedacht, mich vor so etwas schützen zu können.

HILFE!!! Wohin wir fahren würden? Was mochte das für ein Ort sein, an dem ich mein wahres Ich finden würde? Mein wahres Ich? Was hatte er damit gemeint? In meinem Hals kratzte es, ich hatte entsetzlichen Durst. Neben mir stand eine Flasche. Sollte ich? Unsicher nahm ich einen Schluck.

»Wieso geben Sie mir keine Antwort?«, rief ich.

Obermann sah Hirgli an. Hirgli sah Obermann an.

Hoffnungsvoll sah ich sie an. Aber ... nichts! Sie wandten sich ab.

»Sie dürfen uns nicht festhalten. Wecken sie doch meine Mutter auf. Lassen Sie uns gehen und sagen Sie mir die Wahrheit. Ich will endlich wissen, was hier los ist. Ich hab die Lügen satt«, schrie ich und fing an zu weinen. Mit den Tränen, die ich in den letzten Tagen vergossen hatte, hätte man sicherlich Eimer füllen können. Die Männer hatten kein Erbarmen. Sie schüttelten den Kopf.

»Alles zu seiner Zeit«, meinten sie.

Alle ließen mich mit meinen Problemen alleine.

In diesem Augenblick fuhr der Wagen um eine Ecke und mir wurde schwindelig. In der Flasche musste etwas gewesen sein. Ich klammerte mich an die Wand des Wagens, würgte, aber es war zu spät. Das Schwindelgefühl holte mich. Mir fielen die Augen zu.

Ich spürte etwas nasses Kaltes an meinem Bein. Es musste etwas umgefallen sein, denn die Männer wurden ganz unruhig. Mama war aufgewacht.Sie sah sehr kaputt und schwach aus, aber ihre Augen funkelten vor Zorn.

»Lassen Sie uns gehen«, rief sie.

Hirgli lachte erneut. »Ein anderes Mal vielleicht, Sarah.«

Ein anderes Mal? Vielleicht? Ich bekam schlecht Luft. Es war so stickig im Wagen.

»Wie lange fahren wir denn noch?«, fragte ich mit heiserer Stimme. Obermann zuckte mit den Schultern und sah Hirgli an.

Dieser schaute auf seine alte Armbanduhr. »Wir müssten in zwei Stunden da sein.«

Zwei Stunden? So lange?

»Alles okay?« Mama sah mich an.

Sie wirkte älter, sehr viel älter. Und obwohl sie erst 34 war, erinnerte sie mich gerade an eine alte Frau. Und tatsächlich fragte sie mich, ob alles in Ordnung war.

NICHTS WAR IN ORDNUNG. Sie belog mich, sie verschwieg mir alles UND WIR WURDEN ENTFÜHRT. Was sollte denn bitte okay sein? Ich nickte, vielleicht, weil sie mich mit ihren wässrig blauen Augen einfach so traurig ansah. Bitte, weine nicht, dachte ich und sah sie von der Seite an. Sie weinte auch nicht. Stattdessen rutschte sielangsam zu mir, legte mir ihren Arm um die Schulter und strich sanft über meinen Arm.

»Ist dir kalt?«

JA!!! Mir war kalt, aber sie fror ebenfalls und ich wollte nicht, dass sie mir ihre Strickjacke gab.

»Nein«, log ich deshalb. Ich seufzte.

»Sind sie gefährlich?«, flüsterte ich ihr zu.

»Nicht solange sie bekommen, was sie wollen«, antwortete sie.

»Und was ist das?«

»Ich habe alles im Griff«, hauchte sie.

Das war nicht meine Frage gewesen. Ich wollte endlich wissen, warum genau wir in diesen Schwierigkeiten steckten. Wir wurden entführt und saßen mit unseren Kidnappern zusammen im Auto auf dem Weg zu dem Ort, an dem ich mein wahres Ich finden würde. Noch absurder konnte es doch nicht werden.

Wir fuhren über einen unebenen Waldboden, weit weg von der Straße. Das konnte ich hören. Langsam erwachte ein neuer Tag. Ich war immer noch hundemüde, aber versuchte wach zu bleiben. Erschreckenderweise hatte ich nicht mehr so große Angst. Ich war auf dem Weg zu der lang ersehnten Wahrheit.

Mama war bei mir und sie würden uns nichts tun. Sie brauchten uns - für irgendetwas. Und danach? Soweit hatte ich gar nicht gedacht. Was geschah mit uns, nachdem wir ihnen ihren Wunsch erfüllt hatten?

»Mama?« Sie sah mich an.

»Wirst du mir bald alles erzählen?«

Einen Moment dachte sie nach, dann nickte sie.Wann *bald* wohl war? Heute? Morgen? Übermorgen? Ich seufzte noch einmal.

Plötzlich fuhr der Wagen an den Straßenrand und ein Mann, er sah ebenfalls arm aus, öffnete den Anhänger und blickte mich an.

»Donnerwetter! Die sieht ja ganz normal aus«, sagte er.

»Warum denn auch nicht?«, fragte ich nervös.

Eine Antwort erhielt ich nicht, daran war ich mittlerweile auch schon gewöhnt.

»Können wir mal tauschen?« Der Mann wirkte erschöpft.

Obermann stieg aus und setzte sich ans Steuer, dafür setzte der Mann, der bislang gefahren war, sich neben mich.

»Simon Tragisch«, sagte er und musterte mich.

Simon? Den Namen hatte ich doch letztens irgendwo gehört? Aber wo? Den Zusammenhang wusste ich nicht mehr. Egal! Tragisch klopfte den Dreck von seinem staubigen Mantel.

»Wie geht's dir?«, fragte er und verzog das Gesicht zu einem Grinsen. An seiner Wange war eine große Narbe und seine Zähne waren wahnsinnig gelb. Ich schauderte und rutschte ein Stück von ihm weg. Er war mir wirklich unheimlich. Tragisch unterhielt sich mit Hirgli und ich versuchte etwas Brauchbares aufzuschnappen, aber ihre Stimmen waren zu leise. Auf einmal musste ich sehr dringend auf die Toilette.

»Könnten Sie eventuell einmal anhalten? Ich muss dringend für kleine Mädchen«, sagte ich deshalb.

»Und ich für große Jungs. Und zwar fahren«, sagte Hirgli schroff und fuhr weiter. Die Zeit verging. Wir fuhren einen leichten Hügel hinunter und plötzlich war es sehr dunkel. Es roch seltsam, aber ich wusste nicht, was es für ein Geruch war. Ich konnte nichts erkennen.

»Wo sind wir hier?« Meine Stimme war krächzend.

Statt einer Antwort wurde von außen die Tür aufgeschoben.

»Kommt heraus.« Mein Herz klopfte auf einmal sehr laut und ich wurde aufgeregt. Als wir hinaustraten, sah ich mich ängstlich um. Wir waren in einer Ruine.

Es war alles schwarz, schwärzer als schwarz. Meine Hände wollten nach Mama greifen, aber ich wusste nicht, wo sie war. Ich hatte jegliche Orientierung verloren, das Einzige, das ich wusste, war, dass ich wieder hinaus wollte. Unbedingt! Aber wir gingen weiter. Plötzlich wurden Fackeln angezündet und erleuchteten den engen Weg. Er war unheimlich. Was machten wir denn hier?

»Ist es nicht endlich Zeit für die Wahrheit?«, murmelte ich, aber Mama hatte es nicht gehört. Oder gab sie dies nur vor?

Eingesperrt

Es war immer noch dunkel und ich fragte mich, ob es überhaupt noch finsterer ging. Aber es ging. Ich rede nicht von der Raumhelligkeit, sondern von der Dunkelheit in meinem Herzen. Hirgli und die anderen Männer hatten Mama und mich in eine Zelle am Ende eines langen Ganges in der Ruine gesperrt. Ich fühlte mich so eingeengt und schnappte hastig nach Luft. Plötzlich hatte ich eine wahnsinnige Lust zu rennen.

Wegzurennen! Ich wollte den Problemen entkommen und nicht mehr zurück! Ob mein Leben so besser wäre? Ich würde Mama im Stich lassen. Ein Schamgefühl machte sich in mir breit. Egoistisch war ich, aber war das nicht mittlerweile verständlich? Hätte es nicht jeder Mensch irgendwann satt, immer ignoriert zu werden und keine Antworten zu bekommen? Ich hatte einen Jungen in meiner Klasse gehabt, der adoptiert wurde und seine leiblichen Eltern nie kennengelernt hatte. Ob er nicht immer Antworten suchte? Meine Augen wurden glasig. Er kannte seine echten Eltern nicht. Mir ging es mit meinem Vater so. Ich hatte nichts von ihm. Und nun hatte ich meine Mutter auf eine seltsame Weise in den letzten Tagen verloren.

Ich setzte mich in eine Ecke. Der Boden war eiskalt und nass, in wenigen Sekunden war mein Nachthemd pitschnass. Ich blieb einfach sitzen. Mir war alles egal, denn ich war zu fertig, um traurig zu sein. Meine maximale Traurigkeits-Enttäuschungsstufe war hiermit erreicht.

Mama hatte mir den Rücken zugewandt und ich fragte mich, ob es nicht sogar besser gewesen wäre, nun alleine zu sein. Ich wollte alleine sein. Die ganze Situation war mir unangenehm und ich vergrub meinen Kopf im Hemd. Todmüde war ich, wollte schlafen und nicht mehr wach werden, ehe alles wieder gut war. Auf wackligen Beinen wankte ich zu dem großen Gitter, das uns den Weg ins Innere der Ruine versperrte. Ich trat in etwas Spitzes, jaulte und ließ mich fallen.

Es war eine kleine Scherbe gewesen, die nun teilweise in meinem Fuß steckte. Ich schrie vor Schmerz leise auf und zog sie mit einem Ruck heraus. Blut schoss aus der Wunde und strömte auf den Boden, Sterne funkelten in meinem Kopf.

»Oh bitte, bitte ... Lass mich nicht ohnmächtig werden«, dachte ich. Anscheinend hatten mich nicht alle Engel verlassen, denn ich blieb bei Bewusstsein.

Die Stille wurde mir immer peinlicher.

»Ist es das, was du wolltest?«, fragte ich.

Endlich drehte sich Mama um. Fragend sah sie mich an.

»Wir sind entführt, eingesperrt in einer Ruine, hocken im Dunkeln, in der totalen Kälte und schweigen. Du verheimlichst mir alles und ... du zerstörst alles, was wir hatten. Ich rede von uns. Früher haben wir uns alles erzählt.«

Meine Stimme hallte.

»Ich ... Ich wollte das nicht. Ich wollte dich schützen.«

Später war mir bewusst, wie gemein ich gewesen war. Sie tat alles, um mir ein schönes Leben zu erlauben, aber in diesem Augenblick spürte ich nur unglaubliche Wut.

»Das ist dir ja wunderbar gelungen«, sagte ich ironisch und schaute sie an. »Und weißt du was? Selbst wenn dir keine Wahl geblieben wäre, dann könntest du zumindest jetzt die Wahrheit sagen.«

Sie blieb ganz ruhig. Statt etwas zu sagen, kam sie zu mir und legte mir eine Hand auf die Schulter. Damit würde sie mir nicht mehr durchkommen.Es war verdammt nochmal Zeit für die Wahrheit. Aber sie kam damit durch. Ich spürte, wie die Wut, die mich ergriffen hatte, sank und ich ruhiger wurde. Wir nahmen uns in die Arme.

»Sag mir doch bitte, was die Männer von uns wollen.«

Sie hielt ihre Hand vor den Mund, um anzudeuten, dass ich leise sein sollte. Vorsichtig ging sie zum Gitter und steckte ihren dünnen Kopf zwischen die Stangen. Dann griff sie hindurch und versuchte nach etwas zu greifen.

Ich schlich zu ihr. Im Dunklen blinkte etwas auf. Mit weit ausgestreckten Fingern konnte sie fast eine am Boden liegende Haarspange aufheben, die hinter dem Gitter lag. Aber es fehlten einige Zentimeter.

»Woher wusstest du, dass dort eine ...«, wisperte ich, aber Mama sah mich erschrocken an.

Zufall? Plötzlich sprang sie zurück und ließ sich in die Ecke fallen. Wir hörten etwas. Es war das Geräusch einer Tür, die lange nicht mehr geölt worden war. Kamen sie denn schon wieder? Wollten sie mir nun alles erzählen?

Es war Tragisch, der hastig zu uns kam. Bei sich trug er eine Tasche, die er umgehängt hatte. Sie war dunkelbraun und an einigen Stellen geflickt, allerdings sehr geschickt. Aufgeregt schaute ich ihm über die Schulter. Was er uns wohl brachte? Es handelte sich nur um ein Papier und Decken.

»Du sollst singen«, grummelte er unfreundlich und reichte uns die Sachen, die er mitgebracht hatte. Verdattert sah ich ihn an, aber er hatte Mama gemeint. Sie blickte ihn ängstlich an.

»Ich ...«, setzte sie an, aber Tragisch ignorierte sie.

»Und du ...« Er wandte sich an mich. »Schreib den Text auf, was sie singt.«

Ich hatte keine Ahnung, worauf er hinaus wollte und erhoffte von Mama die Erklärung, aber sie hatte sich auf den Boden gesetzt und ihren Blick in Richtung der dreckigen Decke gewandt.

»Was soll meine Mutter denn singen?«, nahm ich die Sache in die Hand. Tragisch lächelte und seine Augen funkelten.

»Es geht um das Lied für die schwangeren Frauen.«

Ein Lied? Schwangere Frauen? War es das, was sie die ganze Zeit wollten? Ein Lied, einfach nur ein Lied? Aber was hatte das mit mir und meinem wahren Ich zu tun? Mama konnte wunderschön singen und ich fand auch, dass sie das viel zu selten tat, aber deshalb mussten wir doch nicht entführt werden.

Ich verstand immer weniger, setzte mich neben Mama und forderte sie zum Singen auf. Wenn sie dies tat, dann waren wir vielleicht wieder frei. Tragisch ließ uns zurück und verschwand in der Dunkelheit. Aber statt nun ihre Stimme erklingen zu lassen, räusperte sich Mama und sagte: »Ich kann nicht.«

Empört sah ich sie an. »Du kannst nicht? Du singst fantastisch, Mama.«

Sie schüttelte den Kopf. »Das Lied, das Hirgli und die zwei anderen hören möchten, kann ich nicht mehr singen.«

Mit einem Schlag verschwand meine Hoffnung und mein Puls raste. Sie konnte nicht mehr? Verdammt! Wir waren hinter Gittern und sie versuchte erst gar nicht, es zu singen. Hatte sie den Text vergessen?

»Wieso nicht?«

Ihre Augen wurden feucht und ich bekam wieder Panik. Was war denn so schlimm daran zu singen? Melodien, Lieder, Stimmen, das alles war doch wahnsinnig toll. Ich selber konnte zwar auch ganz gut singen, aber gegen Mama war ich ein Nichts. Ein Außenstehender konnte meine Schwärmerei vielleicht nicht verstehen, aber sie verstand es, Kinder zum Lachen bringen, Vögel zum Zwitschern und die Sonne zum Strahlen. Es war ... einfach magisch. Früher, als ich noch klein gewesen war, hatte Mamas Stimme mich immer beruhigt. Sie hatte in ihrem Nachthemd auf meiner Bettkante gesessen, nach meiner Hand gegriffen und mir versprochen, erst zu gehen, wenn ich schon eingeschlafen war. Und dabei ... ich schluckte ... hatte sie immer gesungen. Manchmal ein klassisches Schlaflied, aber manchmal auch etwas Eigenes. Etwas, was sie für mich erfunden hatte.

»Versuch es einfach. Das ist unsere Chance.«

Mama holte Luft und steckte eine Haarsträhne hinters Ohr. »Ich würde viele Kinder und junge Mütter in Not bringen, wenn ich singe. Das kann ich nicht. Ich weiß, wie es ist, einfach ... anders zu sein.«

Anders zu sein? Was war denn bei ihr anders?

»Wovon redest du?« Wir sahen uns an.

Sie kannte mich gut genug, um zu erkennen, dass ich enttäuscht von ihr war. Dass sie es unter anderem nicht tat, um mich zu beschützen, verstand ich erst viel später. In diesem Moment verspürte ich Traurigkeit. Was war, wenn ich nicht mehr nach Hause kommen würde? Meine Freunde, was würden sie denken? Jemand würde ihnen sagen, dass wir entführt worden waren. Ich stockte. Hatte ich überhaupt richtige Freunde? Ich überlegte und stellte schockiert fest, dass es niemanden gab, der uns suchen würde. Caro und Julia hatten schließlich eine Nachricht bekommen, die sie beruhigte, und Verwandtschaft hatten wir keine. Wir waren auf uns alleine gestellt.

Ich muss sagen, es war ein grausames Gefühl, niemanden zu haben, der einen RICHTIG vermisste. Ich fühlte mich verloren. »Mama?«, fragte ich. »Wann können wir wieder nach Hause?«

Ich lief unruhig herum. Mein Fuß schmerzte sehr. Das Blut pulsierte. Ich wollte ihn am liebsten abreißen und humpelte zum wiederholten Mal zum Gitter. Langsam fühlte ich mich wie ein Tiger, der eingesperrt durch den Zoo lief. Aber ich wollte kein Tiger sein.

Das, was ich wollte, war die Wahrheit und zurück nach Hause. Immer wieder bildete ich mir Schritte ein. Einmal war ich mir sogar ziemlich sicher, dass es die Männer waren, die wiederkamen, aber dann waren sie es doch nicht. Ich wusste gar nicht, ob ich es wollte oder nicht. Wenn sie kamen, dann würden sie mir womöglich die Wahrheit sagen. Andererseits waren sie vielleicht sehr sauer, dass Mama nicht gesungen hatte. Ich wusste einfach nicht mehr, was ich wollte. Statt weiter darüber nachzudenken, legte ich mir die Decke über die Beine und kuschelte meinen Kopf hinein.

Trotzdem zitterte ich, nicht vor Kälte, sondern wegen der Ungewissheit. Meine langen braunen Haare fielen mir über die Ohren, so fühlte ich mich etwas sicherer. Mama hatte sich ebenfalls eine Decke genommen. Ich schaute sie von der Seite an. Wie viele Geheimnisse sie wohl noch vor mir verbarg? Ihr Kopf war eingeknickt und ich versuchte ihren Blick aufzufangen. Auf einmal bemerkte ich, dass sie eingeschlafen war. Schon wieder ließ sie mich mit meinen Problemen alleine. Was sollte ich nur tun, wenn sie wiederkamen und das Papier leer war? HILFE! Verkrampft schloss ich die Augen und stellte mir eine Blumenwiese vor. Ich leckte Eis, kicherte und beobachtete die Menschen in unserer Umgebung. Alles war noch perfekt. Mit diesem Gedanken schlief ich ein.

Es war Morgen geworden. Kurz vergaß ich, wo ich war, und rekelte mich. Mama lief in unserer Zelle hin und her. Sie blickte unruhig auf ihre Armbanduhr.

»Wie spät ist es?«

»Neun«, murmelte sie.

»Glaubst du, sie geben uns gleich etwas zu essen und trinken?«

Mama zuckte mit den Schultern. »Ihnen wird nichts anderes übrig bleiben. Schließlich brauchen sie uns.«

Den letzten Satz sagte sie leiser, aber ich fragte nicht nach, wofür, eine Antwort würde sie mir nicht geben. Wir warteten noch eine ganze Weile.

»Zellenwechsel«, rief Hirgli von Weitem.

Ich sah Mama verzweifelt an.

»Warum?«, fragte ich, als sie uns in eine andere führten.

»Fragenstellen ist nicht eure Aufgabe. Singen und schreiben haben wir gesagt«, grölte Tragisch, der mitgekommen war.

Zum ersten Mal fragte ich mich, ob die Männer hier wohl auch schliefen, schob den Gedanken jedoch sofort beiseite. Die Zelle, in die wir nun traten, war ein bisschen größer und heller. An der hintersten Wand waren ein paar Steine aus der Mauer gebrochen, sodass eine Art Fenster den Raum mit Tageslicht flutete.

Es sah alles so aus, als wären hier damals die Gefangenen untergebracht worden. Außerdem machte ich eine unheimliche Entdeckung. In einer Ecke hing ein Strick. Es schien, als habe sich dort schon mal jemand aufgehängt. Ich schauderte. Als ich mich dem Tisch näherte, um den Korb mit Nahrung, den sie uns doch noch gegeben hatten, abzustellen, spürte ich etwas Felliges.

Ich schrie und stellte schockiert fest, dass es eine tote Ratte war. Ich sprang auf den Tisch und kreischte. Mama nahm sie angeekelt zwischen zwei Finger und warf sie schließlich hinaus. Ich griff mir ein Stück Brot, trotz meines Hungers bekam ich keinen Bissen hinunter. Mama erging es ebenso. Sie knabberte schon eine Viertelstunde lang an einem Apfel.

»Mama«, sagte ich entschlossen. »Du musst singen. Sonst sind wir für immer hier eingesperrt.«

Ich verstand sie nicht. Was war daran so schlimm? Es war doch verdammt nochmal nur ein Lied. Wenn das meine Musiklehrerin hören würde, dachte ich und lächelte traurig.

Was ich jetzt dafür geben würde, in die Schule gehen zu können. ALLES! Mama schaute mich an. Ihre Augen waren rot und sie mied meinen Blick.

»Liz, du verstehst das nicht. Es wäre das Ende. Viele junge Frauen und deren zukünftige Kinder würden dann qualvoll leben müssen. Ich konnte uns bis jetzt beschützen, glaub mir, ich will nicht, dass andere Menschen leiden müssen.«

Ihr war das Leben anderer wichtiger als meins?

»Du bist der wichtigste Mensch in meinem Leben und dir wird nichts passieren.« Sie erkannte, was ich gedacht hatte. »Auch ohne das Lied, aber wenn ich singe, kann ich für nichts garantieren. Dann wird alles sehr gefährlich. Gefährlicher, als du dir vorstellen kannst.«

Zu viele Fragen

Was meinte sie denn damit? Ich hustete, denn der Staub war aufgewirbelt und in meinen Hals gelangt. Mein Herz polterte so stark, dass ich mich hinsetzen musste. Dies alles war wirklich zu viel für mich. Es war eine andere Art der Aufregung. Sie war nicht wie die Vorfreude auf meinen Geburtstag, sondern eher wie die, die man beim Schauen eines Horrorfilms spürte. Mit einer Scherbe riss ich einen Fetzen meines schönen Nachthemdes ab, um ihn um meinen verletzten Fuß zu wickeln. Das Blut sickerte in den Stoff hinein. Kurz darauf war er vollgesaugt.

Ich schauderte. Mama half mir, den Blutfluss einigermaßen zu stoppen und wir legten uns auf die Decken, die uns geblieben waren. Ich wickelte mich erneut in eine ein und lehnte meinen Kopf an die Wand.

So richtig wach war ich noch nicht. Mein Körper müffelte und meine Haare klebten an der kribbelnden Kopfhaut. Wann wir wohl wieder nach Hause kommen würden? Wann und ob man mir bald die Geschichte der Vergangenheit erzählen würde? Mein Herz klopfte bei diesem Gedanken ganz stark.

Ich wollte wieder einschlafen, denn es war so schrecklich verlassen hier unten, Einsamkeit und Langeweile plagten mich. Mein Rücken schmerzte, denn der Boden war sehr hart und steinig. Ich versuchte, mich auf das Zählen der Wandsteine zu konzentrieren. So was half gegen Langeweile, aber ich verzählte mich andauernd und gab schließlich auf. Erneut machte ich die Augen zu und stellte mir eine schöne Landschaft vor. Sie lag irgendwo in den Alpen und es war wieder Sommer. Hinter den Bergen ging gerade die Sonne auf und sie spiegelte sich in einem See. Als ich in einem hellrosa Kleid einen Hügel hinunterrannte, spürte ich den Wind, der die Haare herrlich nach hinten blies. Das Gras kitzelte meine Zehen und ich lachte fröhlich. Meine Seele empfand die große Freiheit und ich setzte mich an den See, dort ließ ich die Füße inss Wasser hängen und genoss seine Bewegungen. Die Wärme legte sich auf meinen Schultern ab, aber es war keine Last, sondern ein Gefühl des Glücks. Der Enthusiasmus in meinem Kopf ging nicht weg, sondern entfaltete sich erst jetzt so richtig. Wie wunderbar, dachte ich, als ich in der Ferne Schafe entdeckte. Sie liefen munter über die Wiesen, angeführt von einem jungen Schäfer. Sein Gesicht war dem meinen nicht zugewandt, aber ich sah, dass er strahlte. Es war nämlich nicht seine Mimik, die mich dies erkennen ließ, sondern seine Bewegungen. Die Natur war sein Freund und die Tiere waren es auch.

Sie gehorchten ihm und ich bewunderte die Leichtigkeit in seinem Schritt. Plötzlich flog ein Adler über mir her. Er verdunkelte den Himmel und es kamen Wolken auf. Sie drängten sich vor die Sonne und der Schäfer verschwand hinter den Bergen. Es begann zu regnen und ich stand auf. Es war nur ein falscher Schritt und ich fand mich im See wieder. Als ich hinausklettern wollte, spürte ich einen Sog, er riss mich so heftig und schnell in die Tiefe, dass ich jedes Denken vergaß. Schließlich öffnete ich die Augen und war in die Realität zurückgekehrt. Der Tagtraum war vorbei. Erneut hörte ich ein Geräusch im Gang.

Es klang so, als würden sie wiederkommen. Wieso? Das Papier war immer noch unbeschrieben. Ich wurde unruhig. Was war, wenn sie keine Geduld mehr mit uns hatten? Wenn sie Mama vor die Wahl stellten? Entweder sie würde singen oder sie würden uns ... Dies war ein grausamer Gedanke. Es war wieder Tragisch, der die Zelle aufschloss und uns anschaute. Ich warf einen Blick auf das Blatt, das Mama in den Händen hielt.

»Das ist für mich«, sagte Tragisch und lachte laut.

Widerwillig gab Mama es ihm. Es genügte ein Blick darauf und seine Miene verdunkelte sich. Und nun?

»Steh auf und komm mit!« Er zeigte auf Mama.

»NEIN!« Ich wollte nicht alleine bleiben. Ich hatte Angst. Es war eine schreckliche Vorstellung.

»Bleib hier«, hauchte ich, aber Tragisch zog sie hinaus.

»Geh nach oben. Wenn du fliehst, dann haben wir ja immer noch deine Tochter«, drohte er und ein Schauer lief mir über den Rücken.

In meinem Kopf liefen die düstersten Dinge ab. Wenn sie nicht mehr wiederkam? Ich verbrachte ein paar einsame Minuten in der Zelle, kauerte mich in die Ecke und wünschte mir nur noch, dem Ganzen ein Ende setzen zu können. Aber das konnte ich Mama nicht antun.

Ich schluchzte laut. Mich konnte schließlich eh niemand hören. Dachte ich. Denn plötzlich hörte ich Schritte. Kamen sie schon wieder? Es war Obermann. »Und jetzt zu dir...«

Er setzte sich auf den Stuhl und sah mich erwartungsvoll an. Fragend sah ich ihn an. »Magst du mir nicht was über dich erzählen?« Sein Blick war traurig und irgendwie leer. Ich zuckte hilflos mit den Schultern.

Ich hatte große Probleme, Augenkontakt mit ihm zu halten. Was wollte er hören? Wieso sollte ich ihm meine Lebensgeschichte erzählen? Das ging ihn doch überhaupt nichts an. Ich schaute aus dem kleinen Loch in der Mauerwand, durch die man ein Stück Wald sehen konnte. Nervös biss ich mir auf die Unterlippe. Wie kam ich aus der Situation nur lebend heraus? Wann würde diese Jagd nach Antworten verdammt noch mal endlich aufhören?

Obermann klopfte mit seinen Fingern wartend auf die hölzerne Armlehne und durchbohrte mich mit seinem Blick. Aber ich wollte standhaft bleiben. Dies war nämlich meine Idee gewesen. Wenn sie von Mama und mir nichts bekamen, dann konnten sie mit uns nichts anfangen und ließen uns gehen.

Das Problem bei meinem Plan war, dass das Ganze auch anders verlaufen konnte. Wenn wir schwiegen, taten sie uns etwas an. Das Risiko konnten wir nicht eingehen, deshalb musste ich reden.

»Was wollen Sie hören über mein Leben? Geben Sie sich zufrieden, wenn ich Ihnen sage, dass es momentan einfach Mist ist? Ist es das, was Sie hören wollen? Dass ich am Ende bin und nicht mehr weiß, was ich tun soll?« Meine Stimme zitterte bei diesen Worten und ich brach ab. Obermann sah mich plötzlich mit einem ganz anderen Gesichtsausdruck an. Es wareb weder Hinterhältigkeit und Missgunst, sondern irgendwie es eine Art Verständnis.

»Wie spät ist es?«, fragte ich.

Obermann sah mich an und ich bekam einen großen Schrecken. Seine Augen waren feucht und die Wangen errötet. Hatte er geweint? Ich dachte nach. Er hatte also doch ein Herz, auch wenn er es versteckt hielt. Warum tat er das hier?

»Wieso, wieso tun Sie das hier? Wieso haben Sie uns entführt?«

»Kurz nach zehn.« Seine Stimme war belegt, sodass er sich räuspern musste. Meiner letzteren Frage war er durch die Beantwortung der ersten geschickt ausgewichen, aber ich würde ihn erneut fragen. Bald! Wann kam Mama endlich wieder? Die Situation war grausam. Ich setzte mich auf die Decke, zog die Beine an den Bauch und beobachtete Obermann. Er war in sich gesunken und hatte die Augen geschlossen.

Ganz plötzlich sprang er auf und verschwand, genauso schnell, wie er aufgetaucht war, und ich war wieder alleine. Es war noch grausamer als die Anwesenheit der Männer. Ich hörte den Wind draußen pfeifen, meine Zehen waren wie eingefroren durch die Kälte des Winters. Auch die Decken konnten da nicht helfen.

Leise flüsterte ich mir aufmunternde Worte zu, doch vergebens. Die Zeit verging und nichts regte sich. Ich wartete und wartete. Wenn ich wenigstens etwas zum Schreiben hätte. Dann könnte ich Tagebuch schreiben und würde mich nicht mehr ganz so alleine fühlen. Schluchzend schlug ich auf die Decke ein und heulte.

Bitte, bitte, bitte, lass nun alles gut enden, flehte ich. Doch niemand hörte mich. Ich war schließlich alleine.

Was sie wohl mit Mama machten? Mir kam ein schrecklicher Gedanke in den Sinn. Was war, wenn sie Mama bereits etwas angetan hatten, ich hier ahnungslos saß und über Gott und die Welt nachdachte. Ich musste etwas unternehmen.

Wild entschlossen rüttelte ich an den Eisenstäben und schrie um Hilfe. Doch entweder sie waren zu weit entfernt oder sie ignorierten mein Rufen, denn niemand erschien.

Hilflos setzte ich mich auf den Stuhl und wünschte mich in mein warmes Bett daheim. Ich musste die Nerven behalten. Sollte ich vielleicht fliehen? Das ging nicht. Sie würden es Mama anhängen und sie ... nur nicht daran denken!

Das Loch in der Wand verlockte mich. Wenn ich mich zusammenzwängen würde, könnte ich ja eventuell Hilfe holen.

Aber was war, wenn die Zeit nicht reichte und sie wiederkamen, bevor ich zurück war? Das wäre eine Katastrophe.

Außerdem war das Fenster für einen Menschen dann doch zu klein. Ich stöhnte auf und legte mir die Decke um die Schulter. Man sollte sich in der Kälte an warmen Gedanken erwärmen, hatte ich schon oft gehört. Warme Gedanken! Das war das Stichwort. Weihnachten, dies fiel mir sofort ein. Was wärmte das Herz mehr, als die wundervolle Stimmung am Heiligen Abend?

Meine Erinnerung an die Jahre zuvor war noch ganz klar. 10 Uhr morgens aufstehen, eiliges Frühstück. Dann ging ich zu unserer alten Nachbarin Frau Hutemann, währenddessen Mama die letzten Vorbereitungen für den Abend traf.

Frau Hutemann war ungefähr 80 Jahre alt, backte jedes Jahr am Heiligen Abend Plätzchen mit mir und bereitete schöne Geschichten vor, die ich am Abend vorlesen würde. Dann, gegen 17 Uhr, gingen wir drei in die Christmette. Aufgeregt liefen wir anschließend nach Hause und aßen ein festliches Mahl. Unter dem leuchtenden Weihnachtsbaum packte ich danach dann endlich die ersehnten Geschenke aus. Seit ihr Mann gestorben war, feierte Frau Hutemann jedes Jahr mit uns.

Frau Hutemann, Mama und ich! Tatsächlich wurde mir um einiges wärmer, als ich in meiner Phantasie unter dem Tannenbaum saß und leise *Ihr Kinderlein kommet* sang.

Bitte, dachte ich. Bitte, lass mich wenigstens am Heiligabend zuhause sein.Unsere Nachbarin würde sich schließlich die größten Sorgen machen und unheimlich enttäuscht sein, wenn wir verreist wären. NEIN! Weihnachten konnte mir niemand nehmen. Absolut NIEMAND!!!

Hoffentlich!

Mama

Sie kam zum Glück dann doch wieder. Ihre Haut war bleicher als sonst und ihre Augen glänzten. Ihre Haare hingen nass über der Schulter und sie war in eine Jacke gewickelt.

»Was haben sie mit dir gemacht?«, fragte ich angespannt und sprang auf.

»Setz dich!« Ihre Stimme war heiser und kratzig.

Ich gehorchte und sie nahm neben mir Platz.

»Du wolltest die ganze Zeit die Wahrheit hören.« Sie räusperte sich. »Ich werde dir nun alles erzählen.«

Was hatten sie mit ihr gemacht? Woher kam diese Entscheidung? Mein Herz klopfte schneller denn je. Ich starrte sie nur an und versuchte gleichmäßig zu atmen.

»Es ... begann vor deiner Geburt. Ich wurde ins Waisenhaus gegeben, als ich ungefähr drei Monate alt war. Meine Eltern hinterließen keine Nachricht und legten mich dort vor die Tür. Mit zwölf kam ich zu einer Pflegefamilie. Diese war allerdings wenig da und ich hing mit Freunden in abgelegenen Ecken rum. Wir rauchten und tranken, was das Zeug hielt. Als meine beste Freundin tot am See gefunden und festgestellt wurde, dass sie an einer Überdosis illegaler Medikamente gestorben war, änderte mein Leben sich mit einem Schlag. Ich wurde wach aus dieser Trance. Dennoch landete ich nach meinem 18. Geburtstag irgendwann auf der Straße.

Niemand gab mir eine Chance. Ich war kein unbeschriebenes Blatt, doch ein Jahr später kam er, Doktor Julius Hirgli.«

Aufgeregt lauschte ich ihrer Erzählung, ohne sie ein einziges Mal zu unterbrechen. Dass Mama im Heim aufwuchs, hatte sie mir nie gesagt. Meine Großeltern waren tot, hatte ich immer geglaubt.

»Hirgli war reich, hatte ein tolles Haus und einen interessanten Beruf. Er war Forscher und machte mir ein ungewöhnliches Angebot.« Sie wischte mit ihren Händen über die Augen und sah mich flehend an.

»Du hast dich in ihn verliebt?«, fragte ich ungläubig.

»Nein. Um Himmels Willen, Liz!« Es schien, als würde sie auflachen wollen. Aber sie fing sich wieder und holte tief Luft. »Ich hab dich lieb.« Sie legte ihre Hand in meine. Ganz vorsichtig, so, als hätte sie Angst, mich bei einer unbedachten Bewegung zu verletzten.

»Ich hab dich auch lieb, Mama«, wisperte ich und strich vorsichtig über ihren Handrücken.

»Er sagte, er würde uns all sein Geld geben. Allerdings würde er ein verbotenes Experiment mir uns durchführen.«

»Uns? Ich war doch noch nicht auf der Welt, oder?«

Sie schüttelte den Kopf. »Mit mir und fünf anderen Frauen.« Ihr Kopf wurde ganz rot. »Ich war blind, Liz. In meinem Kopf sah ich das ganze Geld und so ging ich mit ihm. Er führte mich als Letzte von uns in das riesige Labor. Dort legte er mich auf eine Liege und erzählte mir etwas von einer Katze, die den Namen Jala trug. Ich war so unglaublich aufgeregt und trank einen Schluck Wasser aus einem Glas, das er mir hinstellte.«

»Und da war etwas drin.« Bis hierhin konnte ich ihr problemlos folgen.

»Genau. Ich schlief ein und wurde erst wieder wach, als die Operation stattgefunden hatte. Alles war so verschwommen, aber ich weiß genau, dass ich fürchterliche Angst hatte. Ich erinnere mich an die Gefühle, als sei ich immer noch 19 Jahre alt. Erst konnte ich kaum gucken, doch dann ... dann war dort alles rot. Es war Blut!«

Ich schlug mit der Hand vor den Mund. Blut?

»Mein Bauch kribbelte, und als ich wieder klar sehen konnte, sah ich neben mir eine verletzte Katze. Sie schien entsetzliche Schmerzen zu haben und miaute kläglich. Ich dachte, sie würde sterben. Wir beide waren alleine in diesem Labor, nur ich konnte ihr helfen. Also kämpfte ich mich auf meine Beine und streichelte ihr über das blutige Fell. Als sie mich mit ihren grünen Augen ansah, spürte ich, dass sie meine Hilfe brauchte. Ich weiß nicht, wie mir geschah, aber ich begann zu singen. Ein Lied, das mir plötzlich in den Sinn kam. Ehe das letzte Wort verklungen war, fing sie an zu schnurren. Ich weiß, es klingt komisch, aber das Lied hat sie geheilt.«

Ich wusste nicht mehr, was ich denken sollte. Das Ganze war einfach so verrückt. Ich wollte, dass sie weitersprach, aber sie schwieg. Plötzlich sagte sie etwas, das Unbehagen in mir auslöste.

»Das, was ich dir nun sagen werde, wird dein Leben verändern.«

Wie meinte sie das? Sie strich mir eine Haarsträhne aus dem Gesicht.

»Als ich Schritte hörte, sprang die Katze von der Liege und huschte durch eine Tür. Sie verschwand und ich war mit Hirgli alleine. Was haben sie mit mir gemacht?, fragte ich ihn. Herzlichen Glückwunsch, Sie sind schwanger, Sarah, sagte er zu mir und ich bekam einen riesigen Schreck.«

Den bekam ich auch.

»Liz, verstehst du? Sie haben in meinen Körper Katzenembryonen einoperiert.«

Wir hatten in der Schule gelernt, was Embryonen waren. Es handelte sich dabei um den Körper, der sich noch im Mutterleib befindet. War ich eins dieser Katzenkinder?

»Sie haben genau sechs Babys in sechs Frauen hinein operiert, aber in der Schwangerschaft starben alle anderen mit ihren Babys. Ich war die Einzige, die überlebte. Das Lied, das ich Jala vorgesungen hatte, hat uns gerettet. Dich, mich und Jala.«

Sie sah mich traurig an und ich riss die Augen auf.

»Jala ist deine richtige Mutter, Liz«, sagte sie so neutral, dass ich fast vom Stuhl kippte. Ich hatte eine Katze als Mutter? Mir wurde ganz übel und ich sprang auf.

»Du hast mir die ganze Zeit nichts davon gesagt. Ich bin die Tochter einer Katze und du hast geschwiegen!«, schrie ich sie panisch an.

»Ich wollte das nicht. Hirgli gab mir Geld. Ich brauchte es um zu leben und er verlor es. Er dachte, wenn sein Experiment funktionierte, würde er Milliarden einnehmen, aber als er an die Presse gehen wollte, floh ich mit dir. Ich nahm all sein Geld und ließ ihn zurück«, erzählte sie aufgeregt.

»Du hast ihn bestohlen?«

»Er hat uns benutzt, um sich zu bereichern. Er wollte große Karriere machen und hat deshalb fünf Frauen auf dem Gewissen, die einfach nur leben wollten. Er hatte es nicht anders verdient. Der Kerl und seine hinterhältigen Freunde sind MONSTER.« Aufgebracht stand sie auf und rüttelte an den Gittern.

»Habt ihr gehört? IHR SEID MONSTER«, schrie sie in der Hoffnung, von ihnen gehört zu werden.

Ich ging einen Schritt zurück und verstand. Mama hatte recht. Ihm war das Leben anderer nicht wichtig.

»Und was hast du dann gemacht?«, fragte ich.

»Mit viel Geld und einem kleinen Baby baute ich uns ein Leben auf. Ich mietete eine kleine Wohnung und hoffte, nie von Hirgli gefunden zu werden. Aber auch wenn die Wahrscheinlichkeit, ihn wiederzutreffen sehr gering war, verging kein Tag, an dem ich nicht fürchtete, die Dunkelheit würde seine Gestalt annehmen und dich mir wegreißen.«

»Deshalb die Umzüge. Wir sind die ganze Zeit vor ihm weggelaufen.«

Mama nickte. »Ich lernte irgendwann Carolin kennen. Als sie mein Vertrauen gewonnen hatte, erzählte ich ihr von der Geschichte und sie schlug vor, an die Presse zu gehen. Ich weigerte mich, weil ich dich schützen wollte. Und auch wenn ich noch sehr jung war, habe ich alles für dich getan. Zum ersten Mal spürte ich Verantwortung. Nachdem Hirgli letztens in jener Nacht auf dem Hof stand, brach die Welt für mich zusammen.«

Für mich auch, dachte ich und strich ihr über den Rücken. Ich konnte nicht fassen, was geschehen war. Und ja, sie hatte immer alles für mich getan.

»Und nun? Was will er von uns? Warum sollst du das Lied noch einmal singen?«

»Hirgli hat vor, das Experiment zu wiederholen. Er will weitere Tierkinder wachsen lassen. Jedoch ohne das Lied werden die Kinder die Geburt nicht erleben. Seit du auf der Welt bist, habe ich das Lied nicht mehr gesungen und ich werde es nicht mehr tun. Wir dürfen nicht zulassen, dass andere Frauen das Gleiche erleben.«

Ich nickte. »Können wir es denn nicht verhindern, ohne uns zu schaden?«, fragte ich.

Sie zuckte mit den Schultern und überlegte. Plötzlich schaute ich an mir hinunter und Mama verstand, was ich fragen wollte.

»Ich weiß es nicht. Du kamst als normales Kind auf die Welt und hattest keine Merkmale.«

Zitternd hob ich eine Scherbe vom Boden auf, in dem sich mein Gesicht spiegelte. Lange, dicke braune Haare, haselnussbraune Augen, lange schwarze Wimpern, leicht gebräunter Teint, rote Wangen und zartrosa Lippen. Das war ich!

Elizabeth Jessen, 14 Jahre alt!

ICH WAR KEIN KATZENKIND!

ICH WAR EIN MENSCH!

Geschockt lief ich in der Zelle umher. Was, wenn ich die Lebenserwartung einer Katze hatte und in ein paar Jahren tot war? Ich bekam große Angst und begann am ganzen Körper zu bibbern. Mama nahm mich in den Arm.

»Danke«, murmelte ich wortkarg.

»Wofür? Dafür, dass du eine Katze bist?« Sie lächelte traurig.

»Dafür, dass du mir die Wahrheit gesagt hast«, antwortete ich.

»Liz?«

»Ja?«

»Es tut mir leid.« Schweigen. »Und noch etwas.«

»Ja?«

»Ich bin froh, dass du es weißt.«

»Ich auch.«

Sie gab mir einen Kuss, und auch wenn sie nicht zu hundert Prozent meine Mutter war, wollte ich, dass alles so blieb wie früher. Sie hatte mich als Erste in den Händen gehalten. Mit diesem Gedanken setzte ich mich erneut auf die Decke und lehnte meinen Kopf an die Mauer. Schon wieder fing meine Kopfhaut an, wie verrückt zu kribbeln.

Als Mama sich in eine andere Ecke gesetzt hatte, schloss ich meine Augen. Irgendwann, ich fühlte mich unbeobachtet, flüsterte ich leise etwas, das Mama auf keinen Fall hören durfte.

Ich sagte einen Namen, der von nun an eine große Bedeutung in meinem Leben hatte. »Jala.«

Einschlafen war unmöglich. In meinem Kopf spukten unheimliche Gedanken. Hatte Mia damals gespürt, dass ein Teil von mir Katze war? Ich war mehr als verwirrt. Mein Körper war ausschließlich menschlich. Es gab nichts, was auf eine Katze hindeutete. Keine Krallen, kein Fell, keine Schnauze, keine spitzen Ohren, kein Schwanz. Auf einmal fühlte ich mich schrecklich unwohl in meiner Haut. Ich war ein Stück weit Tier, meine biologischen Eltern waren Katzen, ich hatte ihre Gene. Ich dachte an die Nacht, in der Hirgli, Obermann und Tragisch bei Julia auf dem Hof standen. Nachdenklich ging ich die Situation noch einmal durch. In ihren dunklen Umhängen hatten sie in der Finsternis verschwommen auf mich gewirkt. Ich hatte ihre Gesichter kaum erkennen können, aber Hirglis Stimme war in meinem Kopf geblieben. Jetzt hatte ich endlich die Geschichte erzählt bekommen, die ich die ganze Zeit hören wollte, und nun war ich einfach nur traurig. Immer hatte ich mich über meinen Vater geärgert, weil er Mama und mich sitzen gelassen hatte, und nun hatte ich erfahren, dass er nicht einmal existierte. In mir steckte ein Tier und mit diesem Gedanken konnte ich kaum leben. Ein Tier, ein Tier, Tier, Tier, Tieeeer, so hallte es in meinem Kopf. Ich schüttelte mich. In der letzten halben Stunde hatte mir Mama mehr über die Vergangenheit erzählt, als jemals zuvor.

Ich öffnete die Augen und sah zu Mama. Irgendwie hatte ich gedacht, dass sie eingeschlafen war, stattdessen schaute sie mich an. Sie durchbohrte mich mit ihrem Blick und ich musterte sie.

Noch nie war mir aufgefallen, dass wir absolut keine Ähnlichkeiten hatten. Sie hatte hellere Haare als ich, eine andere Augenfarbe, eine größere Nase, schmalere Lippen, blassere Haut, dünnere Haare und kürzere Beine. Ihr Gesicht war rundlicher und ihre Schultern breiter, auch wenn sie momentan ziemlich zerbrechlich wirkte.

Hatte ich denn nichts von ihr geerbt? Ich verglich in Gedanken unsere Hobbys. Mama spielte gerne Klavier, ich hasste jegliche Instrumente. Mama ging gerne zum Yoga, ich hingegen joggte lieber oder ging zum Tennis. Mama wollte schon immer, dass ich Ballett tanzte, doch ich bevorzugte Jazz Dance. Mama liebte Thriller, doch meiner Meinung nach könnte die Bücherwelt nur aus Fantasy und Liebesgeschichten bestehen. Außerdem verabredete sich Mama gerne mit ihren Mädels im Café. Ich jedoch konnte auch gut ein paar Tage alleine zurechtkommen.

Alles in allem waren wir rundum verschieden, stellte ich schockiert fest. Ob ich die Gene meiner Katzenmutter hatte? Katzen sagte man schließlich nicht ohne Grund nach, dass sie Einzelgänger waren.

»Wieso nennt Hirgli dich Nachtsängerin?«, fragte ich plötzlich.

Mama rutschte ein Stück nach links und fuhr mit dem Finger über den Boden.

»Er griff mich mitten in der Nacht auf, als ich mir in einer Straße völlig am Boden zerstört die Spritze setzen wollte.«

Ich musste schlucken. Es war nicht leicht, diese Worte aus dem Munde meiner eigenen Mutter zu hören, von Eltern erwartete man doch mehr als das alles hier. Man erwartete einen verantwortungsbewussten Umgang mit dem Leben. Wie Jala war? Konnte eine Katze verantwortungsbewusst sein? Ob ich Jala irgendwann einmal sehen würde? Ich hoffte es sehr. Erinnerte sie sich wohl an Mama? Wusste sie, dass man ihr ihre Babys genommen hatte? Ich stellte mir vor, wie sie an einem Ort saß und an mich dachte.

Dieser Gedanke war schön. Obwohl ich sie nicht kannte, hatte ich sie gern. Wie sie wohl aussah? Weiß? Braun? Schwarz? Rötlich? Grau? Gepunktet? Getigert? Gestreift? Einfarbig? Gedankenversunken lächelte ich, auch wenn die Situation sehr ernst und gefährlich war.

»Woran denkst du, Liz?«, hauchte Mama mir zu. Ihre Augen waren zu kleinen Punkten geschrumpft, wie immer, wenn sie etwas belastete. Sollte ich ihr die Wahrheit sagen? Würden sie meine Gedanken nicht noch mehr quälen? Ich zögerte, versuchte es aber schließlich mit der Wirklichkeit.

»An Jala«, sagte ich.

Sie zwang sich zu einem Lächeln.

»Wir werden sie suchen gehen, wenn wir hier raus sind«, flüsterte sie mir zu. »Und irgendwie werden wir sie auch finden.«

Ich nickte und bedankte mich.

»Schon gut, Schatz.«

Ich rutschte zu ihr hinüber und legte meinen Kopf auf ihren Schoß. Sie streichelte über meine Stirn.

»Alles okay?«, fragte sie.

»Ja.«

»Deine Stirn ist etwas heiß. Fühlst du dich schlecht?«

Oh nein. Alles, aber doch kein Fieber, dachte ich. Mama legte mich behutsam auf ihre Decke und wickelte mich in meine. Dann stolperte sie zum Gitter und rief die Namen der Männer einzeln auf. Wir warteten einige Minuten und Hirgli kam in einer alten Jogginghose hinunter.

»Was ist denn los? Ich will gleich schlafen.«

»Liz hat Fieber«, sprach Mama.

Hirgli verzog das Gesicht.

»Ich hole etwas«, hüstelte er genervt und ging.

Mir wurde abwechselt heiß und kalt und ich zitterte schrecklich. Mama nahm mich in den Arm und wärmte mich. Als Hirgli zehn Minuten später erschien, hatte er ein Ausklappbett, eine Flasche Wasser und zwei Scheiben Brot dabei.

Er baute das Bett grummelnd auf und verschwand wieder. Darüber war ich mehr als froh, denn ich sorgte mich sehr um Mama. Was wäre, wenn sie das Experiment tatsächlich erneut durchführen würden und Mama es nicht noch einmal überlebte? Ich zitterte stärker, denn ich brauchte Mama. Irgendetwas musste ich doch tun können. Ich fühlte mich schwach. Deshalb half mir Mama, um in das Bett zu gelangen.

»Wieso haben sie es nur nicht gleich rausgerückt?«, murmelte Mama und deutete auf das Gestell.

Ich zuckte mit den Schultern und legte mich vorsichtig auf die dünne Matratze.

»Willst du neben mir liegen?« Ich ertrug den Gedanken nicht, dass sie auf dem Boden schlafen musste und ich im Bett. Mama schüttelte jedoch den Kopf.

»Ist schon okay ...Wenn es nur nicht so eiskalt wäre.«

Ich stimmte ihr zu und kroch unter die Decke. Obwohl mein Magen wie zugeschnürt schien, zwang ich mich zum Essen und würgte ein Stück Brot mit Wasser hinunter.

»Welches Tierkind sollst du gebären?«, fragte ich nervös und versuchte nicht mehr zu zittern.

»Ich habe keine Ahnung.«

Während sie sprach, legte sie sich auf die Decke und klappte die Lider zu. Ich tat es ihr nach. Kaum hatte ich mich umgedreht und die Decke über die Schultern gelegt, überfiel mich die Müdigkeit. Ich schlief ein und begann zu träumen, es war der Traum, den ich in der verhängnisvollen Nacht der Entführung geträumt hatte. Er verfolgte mich. Was wollte er mir sagen?

Entsetzt

Es war nur ein Traum! Ein Traum war nicht die Realität. Dabei handelte es sich um eine irreale Fantasie. Träume hatten nichts zu sagen. Zufall - Gedanken - sonst nichts! Es war alles in bester Ordnung. Mama und ich würden Jala finden. Als ich mich rekelte und die Augen aufschlug, sah ich, dass es noch dunkel war. Ich hatte allerdings keine Ahnung, wie spät es sein konnte. 23 Uhr? 24? Oder noch später? Obermann saß schlafend auf einem Stuhl vor der Zelle. Neugierig schlich ich auf ihn zu. Was war denn hier los? Wieso spielte er den Nachtwächter? Seltsam.

Misstrauisch ging ich noch ein Stück näher, sodass ich ihn leise schnarchen hören konnte. Mein Blick fiel auf seinen Gürtel. Dort baumelte tatsächlich ein Schlüsselbund. Ob auch der richtige Schlüssel dabei war, um hier herauszukommen? Mit Sicherheit! Zwar wusste ich nicht, wieso Obermann trotz abgeschlossener Tür über uns wachte, aber es war unsere Chance zu fliehen. Ich wollte Mama wecken, aber sie schlief noch tief und fest. Ich hielt den Atem an. Sollte ich es wagen und versuchen, ohne sie zu gehen? Ich könnte vielleicht ein Telefon auftreiben und Caro anrufen. Oder die Polizei. Der Gedanke daran, dass Obermann wach werden könnte, gefiel mir jedoch ganz und gar nicht.

»Mamaaaa«, flüsterte ich leise.

Auf meiner Stirn klebte eine Schweißperle. Barfuß ging ich zu Mamas Decke und rüttelte an ihr.

»Wir müssen fliehen.« Mein Kreislauf kippte und ich musste mich setzen. Jedoch war mein Wille größer als jedes Schwindelgefühl.

»Du musst wach werden.« Ich kitzelte sie am Bauch.

Was war nur los? Ich versuchte ihren Puls zu finden. Das hatten wir in Bio mal geübt, aber vor Aufregung konnte ich nur meinen eigenen spüren. Sie atmete. Plötzlich drehte sie sich um und sah mich an.

Ich deutete auf Obermann, der immer noch zu schlafen schien und zog vorsichtig an Mamas Arm. Ich musste immer wieder die Augen schließen, weil mir so schwindelig war.

»Bleib hier! Ich hole Hilfe«, sprach Mama.

Ich schüttelte den Kopf.

»Wir müssen gemeinsam gehen«, wisperte ich.

»Okay.«

Wir schlichen ans Gitter. Meine Finger zitterten, als ich sie mit klopfendem Herzen durch die Gitterstäbe steckte, um nach dem Schlüsselbund zu greifen. Mama hielt neben mir die Luft an. Das Metall war eiskalt, aber als ich den Bund in meiner Hand hielt, fühlte ich mich, als würde ich Glut in meiner Faust halten. Es war tatsächlich der richtige Schlüssel dabei. Das konnten wir sofort sehen, denn die anderen passten schon von der groben Form her nicht.

Ungeduldig und ängstlich drehte ich ihn im Schloss um und schob das Tor auf. Es quietschte leise und für einen Moment dachte ich, das Geräusch würde unsere Flucht verraten. Jedoch tat es das nicht. Immer noch hörte ich das gleichmäßige Atemgeräusch Obermanns. In meinem Kopf dröhnte etwas und ich hatte das Gefühl zu fallen.

Mama erkannte die Situation und griff nach meinem Arm. Gemeinsam begaben wir uns in den Gang und entfernten uns von der Zelle. Die Dunkelheit war einerseits irritierend und wir mussten uns immer wieder mithilfe einer schwachen Fackel, die an der Wand gehangen hatte, orientieren, aber andererseits schützte sie uns auch vor Entdeckung. Draußen schrie irgendein Tier und ich kam mir wie in einem Gruselfilm vor. Bis jetzt war ich mir aber unsicher, wie dieser enden würde, und ich flehte um ein Happyend.

Als wir in der Ferne ein Licht sahen, beeilten wir uns, um möglichst schnell die letzten Meter zurückzulegen. Während ich lief, erinnerte ich mich wieder an meinen Traum. Wie ich ausgesehen hatte, halb Mensch, halb Tier. Ich schüttelte mich. Tatsächlich konnte ich mich in meinem eigenen Körper nicht mehr wohlfühlen. Das hatte Hirgli also damit gemeint, als er von meinem wahren Ich gesprochen hatte.

Ob es tief in meinem Inneren ein Katzen-Gen gab? Ein Teil von mir hoffte es. Sogar sehr! Ein anderer fand es jedoch abstoßend. Mein Bein schmerzte und es war sicherlich nicht nur ein Wachstumsschub. Es war die Angst, die klammheimlich mein Knie hochkrabbelte, um mir danach in den Oberschenkel zu beißen. Aber wollte sie mir sagen, dass ich gut handelte oder, dass es falsch war wegzulaufen? Wollte sie mich warnen? Kurz dachte ich daran, mich umzudrehen und aufzugeben, aber die Sehnsucht trug mich weiter. Die Sehnsucht nach Zuhause. Wir kamen dem Licht immer näher.

Der Freiheit?! Als ich ein Geräusch hörte, hatte ich das Gefühl, gegen eine Wand zu rennen. Mein Hals war wie zugeschnürt. Wieso? Womit hatte ich solches Pech verdient? Das Poltern der näherkommenden Männer war angsteinflößend. Ich kam mir vor wie auf dem Gang zu meiner eigenen Hinrichtung.

Das Gitter war geschlossen, wir steckten in einer Sackgasse. Verzweifelt und völlig am Ende ließ ich mich auf den Boden fallen. Zwei kräftige Arme griffen nach mir. Es war Obermann, er war wohl aufgewacht. Und ... er war alleine.

Ich nahm alles nur sehr verschwommen war. Mir wurde heiß und kalt zugleich, mein Körper schmerzte. Obermann legte mich über seine Schulter, ich spürte seinen starken Oberkörper, und die Kraft, die er aufbrachte, um mich zu heben, war bemerkenswert.

Ohne zu zögern und ohne etwas zu sagen, schob er Mama vor sich her und stapfte den Weg zurück. Als wir wieder in der Zelle standen und Obermann mich ins Bett gelegt hatte, forderte er mich auf, ihm den Schlüssel zurückzugeben. Ich hatte keine Kraft mehr, mich gegen ihn zu wehren, und gehorchte.

Bevor er sich wieder auf seinen Posten zurückzog, bückte er sich zu mir hinunter und flüsterte mir etwas zu. »Das alles hier tut mir leid, aber dass ihr fliehen wolltet, war falsch.«

In Obermann steckte eine Art, die ich nicht durchschauen konnte. Und das störte mich nicht nur, sondern quälte mich gewaltig. Doch statt weiter darüber nachzudenken, drehte ich mich zur Seite und zog die Decke über die Schulter. Von dieser Position aus konnte ich Mama gut anschauen. Auch wenn es mir elend ging, tat ich es einige Minuten lang. Sie regte sich kaum. Genau wie ich war sie wahnsinnig enttäuscht.

Mir wurde heiß und kalt und ich musste abwechselnd die Decke hoch und runter machen. Das Ganze ermüdete mich wieder und irgendwann, ich verlor jegliches Zeitgefühl, war ich eingeschlafen.

Am nächsten Morgen war mein Fieber gesunken und ich fühlte mich wesentlich besser. Mama war zwar der Meinung, dass ich immer noch ziemlich blass aussah, aber meine Stirn glühte nicht mehr so heftig und auch die Kopfschmerzen samt Schwindelgefühl waren verschwunden.

Es kam mir vor, als hätte ich Jahre verschlafen und ich gähnte laut, als das Morgenlicht durch das Mauerloch kroch und meine Augen blendete. Draußen schneite es und immer wieder verirrten sich einige Flocken auf meine Decke. Mama saß mit dem Rücken an der Wand auf dem Boden und murmelte mir ein schwaches »Guten Morgen« zu. Ich erwiderte ihre Worte und stand vorsichtig auf.

Sie erkundigte sich nach meinem Zustand. »Alles okay«, meinte ich darauf. Eine Viertelstunde danach öffnete Hirgli das Schloss. Er trug ein Tablett mit Broten mit sich und stellte es auf das Gitterbett.

»Bon appétit, Sarah«, trällerte er.

Sarah? Was war denn mit mir? Von unserem Fluchtversuch erwähnte er nichts. Das beruhigte mich.

»Elizabeth.« Er griff nach meinem Arm und führte mich hinaus. Verblüfft sah ich ihn an. »Was machen Sie mit mir?«, fragte ich und sah Mama verzweifelt an.

»Komm mit!«, befahl er. Um keinen Ärger zu machen, gehorchte ich.

Diesmal kam mir der Weg viel kürzer vor als in der Nacht. Das Gitter, das Mama und mich aufgehalten hatte, war aufgeschoben und Hirgli brachte mich in einen Raum, der, anders als unsere Zelle, üppig ausgestattet war. Ich sah mich um. Tragisch und Obermann saßen an einem Tisch, darauf stand ein Telefon. Ich musterte es neugierig.

»Was soll das bedeuten?« Meine Stimme hallte und ich näherte mich dem Tisch.

»Du sollst jemanden anrufen, Liz.« Tragisch mischte sich ein.

»Wovon sprechen Sie?«

Hirgli lachte laut und das Schallen seines Hohns war gruselig. »Die Presse.«

Mein Herz blieb stehen, ich bekam einen Schreck und sah ihn mit großen Augen an. Die Frage nach dem Grund ersparte ich mir. Es war eindeutig, dass sie den Reportern eine Menge

Geld aus der Tasche holen konnten, wenn sie denen eine gute Story über mich verkauften.

»Das dürfen Sie nicht«, schrie ich sie an. »Die machen uns doch kaputt.«

Hirgli lachte wieder. Dabei zeigte er seine gelben Zähne.

»Willkommen in der bösen dunklen Welt, mein Kind. Die Erde ist voller Menschen, die verstanden haben, was wichtig ist. GELD! Ohne Geld geht nichts. ALLE wollen Geld. Einige vertuschen es. Sie heuchelnr, es kommt auf innere Werte an, aber am Ende geht es nur um Äußerlichkeiten und um das Vermögen. Es tut mir leid, Schätzchen. Du musst anders denken. Stell dir doch einmal diese Menschenmassen vor. Es wäre doch DIE Sensation, wenn es eine Möglichkeit gäbe, zwischen Mensch und Tier zu kommunizieren.«

»Pfui«, brüllte ich und packte meinen ganzen Mut zusammen. Dann spuckte ich voller Wut auf den Boden. »Das ist doch abartig. Ich will doch nur leben.«

»Genau das wollte ich auch. Vor vierzehn Jahren, als deine Mutter mit meinen Sachen abgehauen ist. Ihr ging es auch nur ums Geld. Du warst Mittel zum Zweck. Sie hat dich bekommen, um zu kassieren. Sieh das doch ein, Elizabeth. Die Welt ist böse.«

Die Worte trafen mich direkt ins Herz. *Sie hat dich bekommen, um zu kassieren!!!*

Ich schüttelte mich, aber die Worte blieben in mir drinnen. *Du warst nur Mittel zum Zweck.* Es verletzte mich.

»NEIN.« Auch wenn ich irgendwie wusste, dass er recht hatte, verteidigte ich Mama.

»Sie wollte doch nur überleben. Aber als sie mich geboren hat, wollte sie mich schützen. Doch Sie akzeptieren das nicht.«

Auch wenn ich verstand, dass Hirgli sein Geld zurückwollte, verabscheute ich ihn. Das ganze Experiment und der Tod von fünf unschuldigen Frauen gingen auf seine Rechnung. Er war schuld, und irgendwann würde er dafür bezahlen.

Verzweifelt saß ich auf dem wackligen Holzstuhl und weigerte mich, das Telefon auch nur zu berühren. Mit nichts konnten sie mich kriegen. Selbst wenn sie mich verletzten oder gar ... nun ja ... selbst dann, hätten sie keinen Vorteil daraus.

»Es wäre besser für dich.« Tragisch schob mir das Telefon zu, aber ich schüttelte nur den Kopf. Meine Hände zitterten und meine Kopfhaut kribbelte schon wieder.

»Du bekommst Süßigkeiten. Das mögen Kinder doch.«

»Ich bin vierzehn«, warf ich ein.

»Kleider?«

»NEIN.«

»Schminke.«

»NEIN.«

»Bücher.«

»NEIN.«

»Geld.«

»NEIN! Sie hatten unrecht. ICH bin nicht käuflich. Ihr Interview können Sie sich abschminken. Ich werde der Presse nichts erzählen. In deren Augen werde ich immer ein vierzehnjähriges, normales Mädchen bleiben, das von Ihnen aus seinem normalen Alltag gerissen wurde.«

Hirgli schüttelte den Kopf. »So geht das nicht«, rief er.

Ich zuckte mit den Schultern. »Dann lassen Sie uns doch gehen«,

Dafür erntete ich nur missbilligende Blicke.

»Deine Mutter ist eine attraktive Frau. Es wäre doch schade, wenn ihr etwas zustoßen würde. «Als mich ein Blick Hirglis traf, wurde mir schlecht.

»Geben Sie mir den Hörer!«, meinte ich.

»Kein Wort von der Entführung oder ...« Eine konkrete Drohung folgte nicht mehr. Ich tippte die auf einem Zettel stehende Nummer in das Display ein und drückte die grüne Taste. Ein eindringliches Piepen ertönte. Schließlich meldete sich jemand.

»Hallo.« Meine Stimme versagte fast. »Mein Name ist Elizabeth Jessen. Ich ... ich möchte Ihnen etwas zeigen.« Ich musste unweigerlich schlucken.

Die Frau hakte nach, worum es sich handelte, aber ich verriet es nicht. Obermann machte einen Termin für den Abend aus und legte auf. Er nannte jedoch keinen Ort.

»Wir melden uns später erneut«, waren seine einzigen Worte.

Einen genauen Plan hatte ich zwar nicht, aber eines war mir klar: Niemand, absolut niemand, würde von dem Experiment erfahren, bevor Mama und ich verschwunden waren. Es wäre eine Katastrophe.

»Warum ging es nicht gleich so?« Was ich außerdem noch an Hirgli hasste, war dieser arrogante Ton, mit dem er immer auf mich herab sprach.

»Das bekommen Sie zurück. Das verspreche ich Ihnen.«

Statt mich gehen zu lassen, fielen sie in ein schallendes Gelächter.

»Ich nehme mir nur das, was deine Mutter mir vor Jahren genommen hat. Es ist mein gutes Recht.«

In mir sprudelte die Wut. RECHT?

»Sie haben kein Recht. Das ist Freiheitsberaubung. Dafür kommen Sie alle hinter Gitter.«

Sie nahmen mich nicht ernst, sondern spotteten über mich. In mir brodelte die Wut. Wie konnten sie mich nur so behandeln? Ich konnte nicht anders, sprang vom Stuhl und lief den Weg zu der Zelle zurück, ohne mich noch einmal umzudrehen. Ich hatte keine Ahnung, ob sie mir folgten. Das war mir auch egal. Ich wollte zu Mama.

»Liz«, begrüßte mich Mama. Sie stand auf. Ihre Augen waren gerötet und ihre Stimme schwach vom Weinen. Sie griff mit der Hand durch die Gitterstäbe und strich mir über die Schulter. »Lauf, Liz. Flieh.«

Was meinte sie damit? Sie konnte doch nicht wirklich glauben, ich würde sie alleine lassen.

»Du musst dich schützen.« In ihrem Blick lag Liebe. »Bitte. Tu es für mich.«

Hirgli lag falsch. Sie hatte mich lieb, es ging ihr nicht ums Geld. Vielleicht war es damals entscheidend gewesen, aber mittlerweile tat sie alles für mich.

»Nein, ich lasse dich nicht zurück, Mama«, flüsterte ich.

Sie schüttelte den Kopf. Auch wenn sie wollte, dass ich frei war, konnte ich erkennen, dass sie irgendwie erleichtert wirkte. Wieder hörten wir Schritte, sie dröhnten wie das Hufgetrappel einer Horde Pferde. Es war Tragisch. Wortlos griff er nach meinem Arm, zerrte mich in die Zelle und schloss das Gitter ab. Ich stolperte und fiel.

»Ruh dich aus! Du sollst ein gutes Bild bei der Presse machen. Am besten du schläfst noch mal.«

»Die Presse?« Mamas Blick senkte sich.

Als ich aufstand, durchfuhr mich wieder der Schmerz in meinem Fuß. Ich humpelte zu meinem Bett und setzte mich. Nachdenklich legte ich mich auf den Rücken. Wann würden wir endlich wieder heimkommen? Ich stellte mir vor, wie ich mich in die heiße Badewanne legen und leise Musik hören würde. Diese Fantasien verdankte ich wahrscheinlich der Kälte, die mein Bein angriff. Jedes Haar auf meiner Haut stellte sich auf.

Wie konnte Jala damals geheilt werden? Wo steckte der Katzenteil in mir und gab es diesen überhaupt? Und wie konnte das Experiment denn gelingen? Die Natur hatte eine solche Operation nicht vorgesehen. Das Ganze war falsch. Meine Existenz war falsch. Ich war falsch. Dieser Gedanke quälte mich sehr, genauso wie Hirglis Sätze.

Sie hat dich nur bekommen, um zu kassieren!!! Du warst nur Mittel zum Zweck.

Ich wollte es nicht glauben. Wieso war ich so misstrauisch?

»Wie hast du dich eigentlich gefühlt?«, fragte ich Mama plötzlich. »Damals«, fügte ich noch dazu, »als du mich bekommen hast.«

Auf seltsame Weise hatte ich Angst vor der Wahrheit, und als sie antwortete, zuckte ich zusammen.

»Ich will ehrlich zu dir sein. Als Hirgli meinte, dass ich schwanger sei, hatte ich große Angst. Auch wenn ich früh geraucht und getrunken habe, war ich irgendwie selbst noch nicht erwachsen. Mit 19 Jahren fühlte ich mich manchmal noch wie ein Kind.«

Ich sah enttäuscht auf den Boden. Mama nahm das sofort wahr und legte eine Hand auf meine Schulter. »Aber als ich dich dann in den Armen gehalten habe, wusste ich, dass ich nichts mehr lieben konnte als dich. Mit einem Mal hat sich mein Leben geändert.« Sie setzte sich neben mich auf das Bett und strich über mein kaltes Bein. »Du bist das Beste, was mir je passiert ist, und ich bin sehr froh, dass es dich gibt.«

Ihre Worte beruhigten mich und ich legte meinen Kopf auf ein weiches Kissen. Ich sollte mich ausruhen. Für die Presse! Er würde es wirklich tun, alles nur für Geld. Hirgli, Tragisch und Obermann würden meine Seele an Reporter verkaufen.

»Wir müssen es noch einmal versuchen. Wir müssen fliehen«, sagte ich wild entschlossen und stand auf. Ich ging auf das Loch in der Mauer zu und schaute es mir an.

»Es ist viel zu hoch. Außerdem befürchte ich, dass ich, selbst wenn ich den Bauch einziehe, nicht hindurchpasse.« Angespannt tastete ich die Mauer ab. »Meinst du, du kannst mich ein bisschen anheben?«

Es war unmöglich, das Loch war zu hoch. Wir gaben nach ein paar schwachen Versuchen auf. Zum ersten Mal verstand ich, wie schlimm sich die vielen entführten Kinder fühlen mussten, von denen man immer wieder in der Zeitung las. Es musste doch etwas zu machen sein. In Stücke würden die Menschen mich reißen.

Miss Beautiful

Ich setzte mich auf den Stuhl und blickte mich um. Ich war immer noch in der Ruine, aber nicht in unserer Zelle. Man hatte Mama und mich getrennt. Sogar Hirgli und die anderen waren fortgegangen, nachdem sie mich hineingeführt hatten. Nervös rutschte ich auf meinem Stuhl herum. Ich fror so stark und konnte es nicht vermeiden, wieder zu zittern. Auch wenn ich kein Fieber mehr hatte, bildete ich mir ein, dass die Mauern auf mich zukamen. Hilfe, dachte ich. Plötzlich drehte sich alles in meinem Kopf und ich musste mich an der Stuhllehne festhalten.

Was geschah mit mir? Mein ganzer Körper kribbelte und ich überlegte, was passierte. Tief in mir drinnen änderte sich etwas. Es war, als wäre ich nicht mehr ich.

Ich hörte in der Ferne eine Stimme, es war Mama. Allerdings konnte ich die einzelnen Wörter nicht verstehen, zu weit weg war alles. Als ich horchte, erkannte ich, dass es kein Lied war, sondern nur eine Melodie. Sie summte etwas und ich fand, es war wunderschön. Meine Lippen bibberten und ich riss meine Augen auf.

Irgendwann, mir fiel es schwer zu sagen, wie viel Zeit vergangen war, verstummte die Stimme. Jemand schrie. Diesmal war es wieder Mama.

»NEIN«, rief sie. Ich sprang auf und schwankte zu einem Gitter.

»Mama?«, brüllte ich, aber statt einer Antwort, erhielt ich einen Schlag auf meine Schulter. Ich zuckte zusammen und drehte mich um. Eine ungefähr siebzigjährige Frau, mit schwarzen, stumpfen, aber ordentlich frisierten Haaren grinste mich an. Sie war kleiner als ich, ich schätzte sie auf einen Meter fünfundsechzig, und hatte strahlend weiße Zähne. Sie war sehr schlank und wirkte freundlich.

»Du musst Elizabeth sein«, sagte sie mit heller Stimme. »Mein Name ist Natalia. Natalia Obermann. Ich bin Cornelius' Mutter.« Sie streckte mir die Hand hin, unsicher nahm ich sie entgegen.

»Ja. Ich heiße Liz.«

Vorsichtig schob sie mich zurück zum Stuhl.

»Was haben Sie mit meiner Mutter gemacht?«

Natalia schüttelte den Kopf.

»Ihr geht es gut. Hab keine Angst.«

Ich schaute sie verwirrt an. Wieso war sie so freundlich, aber half dennoch, uns gefangen zu halten?

»Was wollen Sie von mir?«

Sie hielt sich den Finger vor den Mund und bedeutete mir, leise zu sein.

»Dir passiert nichts, Kind«, flüsterte sie und auch, wenn sie die Taten der Männer schützte, empfand ich Sympathie.

»Helfen Sie uns doch«, flehte ich sie an.

Natalia drückte mich auf den Stuhl, ging in eine dunkle Ecke und knipste ein Licht an. Ich erkannte einen Tisch mit Schminke, der Traum eines jedes Mädchens, dies musste ich zugeben. Natalia setzte sich mir gegenüber und zeigte mir eine Schatulle mit Wimperntusche, Lidschatten und Lipgloss. Fragend sah ich sie an.

»Wir Frauen müssen ja etwas für unsere Schönheit tun«, kicherte sie.

Traurig nickte ich. Ich traute mich nicht, etwas Trotziges zu erwidern. Etwas sagte mir, dass sie es nicht aus freiem Willen tat.

»Machen Sie es ebenfalls des Geldes wegen?«, meinte ich.

Einen Moment zögerte sie, aber dann änderte sich ihre Miene.

»Bitte.« Plötzlich war sie ernster. »Keine Fragen, Elizabeth!«

Ich war eingeschüchtert und ließ das Schminken über mich ergehen. Als ich mich eine halbe Stunde später im Spiegel betrachtete, erkannte ich mich kaum wieder. Natalia hatte zudem meine Haare gewaschen, geföhnt und gekämmt. Mein äußeres Erscheinen war ganz anders, meine langen braunen Haare waren zu einem Dutt hochgesteckt und mein natürlicher Teint war mit Rouge bedeckt worden. Die braunen Augen wurden durch den hellen Lidschatten und die dunkle Wimperntusche stark betont und meine Lippen glänzten im Licht. Alles in allem sah ich wirklich gut aus.

Wäre dies die Vorbereitung auf eine Party gewesen, das Makeup hätte Rike und die anderen Mädchen aus der Schule bestimmt begeistert. Aber stattdessen wurde ich für die Menschen aufgebrezelt, die mir in Zukunft das Leben zur Hölle machen würden.

»Wenn Sie uns helfen zu fliehen, geben wir Ihnen Geld«, versprach ich Natalia, aber sie nahm das Angebot nicht an.

»Nein, nein, mein Kind. Geld ist nicht alles. Es geht um viel mehr für mich und meinen Sohn. Deine Mama ist die Flamme der Hoffnung.«

Wieso sprach die Frau in Metaphern? Geld war nicht alles? Konnten die Erwachsenen sich nicht mal einig werden? Viel mehr für Obermann und sie? Was meinte sie damit? Die letzte Frage stellte ich laut.

»Es würde mein Herz heilen«, sprach sie nur.

Verzweifelt fuhr ich mir durch die gesteckten Haare. Warum sprach die Frau in Rätseln?

Natalia schlug mir auf die Finger. »Nicht. Du zerstörst deine Frisur, mein Kind«, schimpfte sie und eilte hinaus.

Wieder betrachtete ich mich im Spiegel. Auch wenn ich eigentlich gut aussah, gefiel ich mir nicht. Es war nicht die Schminke, auch nicht die Haare oder die niedlichen Ohrringe. Es war meine Mimik. Ich hatte meine Mundwinkel nach unten gezogen und versuchte zu lächeln. Allerdings hätte ein Blinder sofort erkannt, dass es gekünstelt war.

Ebenso meine Augen. Anstatt so zu strahlen, wie ein jeder es von mir gewohnt war, waren sie stumpf und traurig. Die gerunzelte Stirn verstärkte den abweisenden Eindruck. Und genau das war es, was ich wollte. Mit keinem dieser Menschen von der Presse in Kontakt kommen.

Natalia kehrte zurück. Sie trug einen Bügel mit einem wasserfarbenen Kleid mit sich. Es glänzte wunderschön und an den Trägern des Kleides waren mit einer unscheinbaren Klammer Rüschen befestigt.

»Was ist das denn?« Ich staunte.

»Das …«, Natalia deutete auf das Kleid. »Das ist deine Garderobe für heute Abend.«

War das nicht übertrieben? Das war ein Kleid für einen Märchenball, aber nicht für mich.

»Wahnsinn.« Ich musste mir meine Begeisterung eingestehen. Es war das schönste Kleid, das ich je gesehen hatte.

»Zieh es an.«

Jetzt? Ich schnappte mir den Bügel und schlüpfte aus dem Nachthemd. Als ich den weichen Stoff berührte, zuckte ich zusammen. Ich war nicht käuflich. Das waren meine eigenen Worte gewesen. Meine Hand öffnete sich und das Kleid fiel zu Boden.

Natalia sah mich entsetzt an und hob es auf. »Wie kannst du nur? Das ist ein teures Designerkleid.«

Genau das war ja auch der Grund meines Entsetzens. Tatsächlich hatte das Kleid mich so fasziniert, dass ich es *gegen meinen Willen* anziehen *wollte.* In meinem Inneren war ich also auch käuflich?! »NEIN! Ich lasse mich nicht kaufen.«

Kurz glaubte ich, Natalia sei beeindruckt, aber dann drückte sie mir das Kleid in den Arm.

»Du musst es anziehen«, schnaubte sie. *Widerwillig* gehorchte ich. Selbst wenn ich mein Staunen über die Pracht des Kleides nicht zeigen wollte, lächelte ich.

»Da siehst du selbst, wie hübsch du aussiehst, wenn du brav bist.« Diese Frau verstand ich nicht. Sie hatte zwei Seiten an sich. Die eine war nett, lieb, aber leider schwach. Die andere war stärker, bestand jedoch aus zynischen Bemerkungen und Egoismus.

»Sie sind genau wie Hirgli. Sie wollen nur Ihren eigenen Vorteil. Stellen Sie sich doch einmal vor, Sie säßen hier auf dem Stuhl und würden auf Ihre eigene *Hinrichtung* warten. Versetzen Sie sich doch in die Lage meiner Mutter. Wieso tun Sie das?«

Ich bekam in diesem Augenblick noch mehr Angst. Natalias erste Seite war verschwunden, sie wurde aggressiv und wild.

»Wie kannst du nur?«, schrie sie und ich verstand nicht, wieso sie so aufgebracht war. Was hatten sie und Obermann nur für einen eigenartigen Charakter? Beide waren auf den ersten Blick freundlich und gutmütig. Wenn man ihnen aber zu nahe kam, explodierten sie wie Dynamit.

Bei meiner Rückkehr saß Mama auf dem Bett und weinte. Als sie mich kommen sah, wischte sie die Tränen ab und musterte mich.

»Du siehst toll aus.«

Ich bemerkte einen roten Fleck an ihrem Bein, der nach einem heftigen Schlag aussah. »Ich habe gehört, wie du eine Melodie gesummt hast. Was haben sie getan?«

»Sie brauchen den Text, haben sie gesagt. Jedoch werden sie ihn nicht bekommen. Den behalte ich in meinem Herzen.«

Von dem Kribbeln in meinem Körper, das ich bei ihrer Melodie verspürt hatte, erzählte ich nichts. Hirgli hatte einen Text dagelassen, den ich lernen musste. Es handelte sich um eine Rede, die ich für die Presse in einer guten Stunde halten sollte.

»Sehr geehrte Damen und Herren, es ist mir eine Ehre,heute hier sein zu dürfen. Ich hoffe, Sie haben Zeit mitgebracht und möchten sich meine Lebensgeschichte anhören. Jedenfalls würde ich mich sehr freuen.«

An dieser Stelle sollte ich eine Pause machen und warten, bis die Reporter Platz genommen hatten, um dann fortzufahren.

»Als ich vor vierzehn Jahren auf die Welt kam, ahnte niemand, dass ich kein normales Kind war. Sogar ich selbst wusste nichts davon. Meine eigene Mutter verschwieg mir, wer ich wirklich war. Vor einigen Tagen begann mein neues Leben. Professor Doktor Julius Hirgli und seine Männer boten mir eine Chance, den Menschen ›mein wahres Ich‹ zu offenbaren. Alle sollten wissen, dass ich etwas Besonderes bin. Man hat mich geschaffen, aus einer Katze und einem Menschen. In mir steckt Tierblut. Im Leib einer Katze bin ich gewachsen, jedoch hat ein Mensch mich geboren. Trotzdem bin ich nur das Werk eines einzigen Menschen. Jenen möchte ich ehren. Er ist gottesgleich und ich bin sein Werk. Jeder soll wissen, was für ein hochintelligenter Mensch in ihm steckt. Damit die Menschen die Wahrheit erfahren, bitte ich Sie, öffnen Sie den Lesern die Augen.«

Wenn ich mit dem letzten Satz fertig war, wollte Hirgli die Verhandlung der Preise und Untersuchungen beginnen. Ich sollte einfach still auf einem Stuhl sitzen und mich fotografieren lassen.

»Das geht doch nicht«, rief Mama. Sie hatte mir das Blatt aus der Hand genommen und ebenfalls gelesen.

»Hirgli verändert die ganze Geschichte. Er selbst wird zum Helden und ...«

»Und du wirst die Frau, die ihre Tochter vierzehn Jahre lang grundlos angelogen hat«, fügte ich hinzu.

Mama nickte.

»Das dürfen wir nicht zulassen«, flüsterte ich.

Meine Stimme wurde ganz schwach. Sie durften uns nicht hören. Wer wusste schon, ob die Wände Ohren hatten.

»Wir müssen uns jedoch beeilen. Wir haben nur noch eine Stunde. Danach beginnt die Paparazzijagd.«

Sie hatte recht. Jetzt oder nie. Nur ... was konnten wir unternehmen? Ich musste es einfach schaffen.

»Glaubst du, dass hier immer mal jemand vorbeiläuft?«, fragte ich Mama.

Diese zuckte mit den Schultern.

»Ich hab keine Ahnung. Was willst du tun? Um Hilfe rufen?«

Das wäre zu auffällig. In meinem Kopf war gerade eine Idee entstanden. Ob sie besser war, wusste ich nicht.

»Wir *schreiben* einen Hilferuf«, sagte ich.

Mit klebrigen Händen fuhr ich mit einem Stift über ein leeres Papier.

»HILFE! WIR WURDEN ENTFÜHRT«, schrieb ich mit großen Buchstaben und setzte meinen Namen darunter. Danach stieg ich auf mein Bett und versuchte an das Loch in der Mauer zu kommen. Als ich kurz einen Luftschub spürte, ließ ich das

Blatt fallen und hoffte, dass der Wind meine Nachricht zu einem Menschen fliegen ließ.

Nicht einmal zehn Minuten später war meine Hoffnung gleich null. Das Wetter meinte es schlecht mit mir und es begann zu schneien. Ich war mir sicher, dass der Schnee mein Schreiben unter seiner Last längst begraben hatte. Verzweifelt ließ ich mich auf mein Bett fallen und stöhnte auf.

Man meinte es wirklich schlecht mit mir. Ich versuchte mir den Text einzuprägen. Auch wenn ich vorhatte, ihn so nicht vorzutragen, musste ich die Version der Männer können. Wenn alle Stricke rissen, dann musste ich es wohl so erzählen. Ich ahnte mit Schrecken, wozu Hirgli fähig war.

Hilflos las ich mir Zeile für Zeile, Wort für Wort durch.

...es ist mir eine Ehre heute hier sein zu dürfen?

Jedenfalls würde ich mich sehr freuen?

Wütend ließ ich das Blatt fallen. Das war so gemein. Wie konnten sie nur? Jedoch musste ich klare Gedanken fassen, die Zeit lief mir davon. In einer halben Stunde würde Hirgli der Presse unseren Aufenthaltsort verraten. Dann war es zu spät. Uns würden vielleicht danach noch fünfzehn Minuten bleiben, dann war die Ruine mit neugierigen Menschen gefüllt.

»Mist, Mist, Mist. Alles geht schief.«

Ich steckte in der Klemme.

»So wird das nie etwas. Du musst endlich singen. Vielleicht kann Hirgli damit genug anfangen und lässt uns endlich gehen.« Kurz dachte ich, dass Mama es sich überlegen würde, aber dann, dann schüttelte sie einfach nur den Kopf.

»Ich habe dir doch schon so oft gesagt, dass wir die Aufgabe haben, die anderen Frauen zu schützen.«

Okay! Vielleicht hatte Hirgli doch nicht recht. Nicht die ganze Welt war dunkel. Es gab Menschen, die sich um andere

Leute sorgten und sie versuchten zu schützen. Einer dieser Menschen war Mama.

Es blieb uns nicht mehr viel Zeit. Ich lief unruhig hin und her. Die Schuhe, in denen ich steckte, waren mindestens eine Größe zu klein und schmerzten sehr. Ich sah Mama an. Als sie meinen ängstlichen Blick wahrnahm, schwankte sie zu mir herüber. Man konnte sehen, welche Schmerzen sie von Hirglis Schlag am Bein noch hatte.

»Es hat gekribbelt«, murmelte ich.

Wir hatten nur noch wenige Minuten Zeit, bis Hirgli die Presse über den Ort informieren würde.

»Als du die Melodie des Liedes gesummt hast, da habe ich ein seltsames Gefühl gehabt.«

»Es ist die Kraft der Musik.« Mama redete gedämpft.

Ich schüttelte den Kopf. »Nein. Es war mehr. Viel mehr. Es hat mich fast umgehauen.«

Sie zögerte, bevor sie ihre Worte erklingen ließ. »Das muss es sein ... der Takt des Liedes verzaubert. Deshalb muss Hirgli auch so wahnsinnig scharf darauf sein. Die ganze Zeit war ihm klar, was dich in den Körper der Katze verwandelt.«

Das Lied

Ich verstand nicht.

»Was meinst du?«

Mama brauchte einen kurzen Augenblick, um das in Worte zu fassen, was sie sagen wollte.

»Ich rede davon, dass du eine Katze werden kannst.«

Mein Herz klopfte stärker denn je und mir wurde so schwindelig, dass ich mich setzen musste.

»Wie ... DAS LIED?!«

Und dann öffnete sie ihren Mund und begann mit lauter Stimme wunderschön zu singen.

Ich kann nicht glauben,
was mit mir geschieht.
Ich sehe in deinen Augen,
mit denen du mich umgibst.
Die Liebe, die das Leben hält.
Die Liebe zu seinem Kind, ist das, was eine Mutter am Leben hält, wenn gar nichts mehr geht.
Mein Herz, das schlägt für Dich.

Jeder Tag ist für ein Lächeln von dir.
Jede Stunde ist wie eine Umarmung von dir.
Von dir, von dir, von dir.
Mein Leben ist für dich!
Ein Geschenk an mein Kind,
entfalte es geschwind.
Es ist die Liebe, die uns hält.
Der Gesang, der durch die Lüfte schallt,
der dir zeigt, wer du sein kannst und wer du bist.
Wenn der magische Ursprung erlischt,
dann bist du wieder für immer duuuuuuuu.

Ein Kribbeln, ich erinnere mich ganz genau, es war ein Kribbeln, das ich verspürte, als ihre Stimme verklungen war. In mir bewegte sich etwas und meine Haut vibrierte.

Als ich meinen Arm musterte, entdeckte ich, dass dort lauter kleine Haare wuchsen. Innerhalb weniger Sekunden war mein ganzer Körper mit Fell bedeckt. Ich bekam panische Angst und versuchte regelmäßig zu atmen.

Mama regte sich kaum. Sie schlug mit der Hand vor den Mund und schaute mich ungläubig an. Erschrocken fasste ich mir an meinen Kopf. Dort, wo meine Nase gewesen war, fühlte ich eine raue Schnauze mit Schnurrhaaren. Ich riss die Augen auf und spürte etwas an meinen Beinen. Dann musste ich feststellen, dass es ein Katzenschwanz war. Außerdem steckten in den blauen Sandalen keine Füße mehr, sondern Pfoten.

Pfoten – das waren auch meine Hände. Plötzlich sah ich zu Mama hinauf. Ich war geschrumpft, meine Größe war die einer Katze. Ich schrie auf. Dadurch wurde wer auf uns aufmerksam. Es näherte sich jemand, das konnte ich hören.

»Mach das rückgängig. Mach schon! ES KOMMT JEMAND«, rief ich.

Mama war starr vor Schreck.

»SING!«

Ihre Lippen zitterten.

Ich ging auf sie zu, aber sie wich aus.

»Was ist? Du musst singen. SCHNELL!« Sie setzte an, aber brach nach einem Wort ab.

»Ich hab den Text vergessen.«

Panisch sah ich sie an und sprang unter den Tisch. »Konzentrier dich«, forderte ich sie auf.

Mama gehorchte und begann wieder zu singen.

Ich kann nicht glauben,
was mit mir geschieht.
Ich sehe in deinen Augen,
mit denen du mich umgibst.
Die Liebe, die das Leben hält.
Die Liebe zu seinem Kind, ist das, was eine Mutter am
Leben hält, wenn gar nichts mehr geht.
Mein Herz das schlägt für Dich.
Jeder Tag ist für ein Lächeln von dir.
Jede Stunde ist wie eine Umarmung von dir.
Von dir, von dir, von dir.

Plötzlich wurde das Gitter aufgerissen. Ich schreckte auf und sah aufgelöst in Hirglis dunkle Augen. Einen Moment blieb dieser in einer Art Starre.

Der erneute Gesang hatte mich zum Teil zurückverwandelt. Jedoch nicht vollständig. Meine Größe war fast wieder normal und meine Haut von dem Fell befreit. Allerdings besaß ich immer noch die Ohren der Katze, den Schwanz und die Nase.

»Spring! Spring aus dem Loch, Liz«, schrie Mama.

So schnell konnte ich kaum denken. Das Einzige, was ich verspürte, war Angst. Was, wenn sie Mama für meine Flucht etwas antun würden? Was, wenn ich die Fähigkeit des Springens nicht besaß und gegen die Mauer flog? Ich nahm Anlauf und hatte das Gefühl, durch die Mauer zu schweben. Als ich unter meinen Füßen wieder festen Boden spürte, atmete ich aus.

Ich hörte ein Rufen. »Ich hab dich lieb.«

Es war Mama. Ich erwiderte ihre Worte und rannte so schnell wie eine Katze in die Ferne, dorthin, wo ich erst einmal sicher war.

***

Der schlammige Untergrund war eklig. Ich befreite meine Haut von dem Matsch und sah mich um. Ringsum war es still und kahl, nur am Himmel kreiste ein Vogel. Er schien außer mir das einzige Lebewesen weit und breit zu sein. Kurz überlegte ich, zurück in die Ruine zu gehen und aufzugeben. Wie sollte ich es schaffen, Hilfe zu holen? Ich hatte kein Auto, geschweige denn eine Orientierung.

Das Leben brauste fünf, sehr kalte Minuten an mir vorbei. Mein Bauch tat weh und mir wurde schlecht. Um die Übelkeit zu verdrängen, verkrampfte ich meine Zehen und atmete gleichmäßig. Zumindest versuchte ich es.

Plötzlich bekam ich sehr schlecht Luft. Es war, als würde mir jemand langsam den Hals zuschnüren. Nur, dass dieser Jemand nicht existierte. Der Drang nach Sauerstoff ließ mich husten, immer wieder.

Dann steckte ich mir ein paar schneebefreite Grashalme in den Mund. Es geschah instinktiv, doch gleich darauf erinnerte ich mich an eine Biostunde, in der wir über das Verhalten von Tieren gesprochen hatten.

»Katzen fressen oft Gras, wenn es ihnen schlecht geht. Sie nehmen es zu sich, damit sie sich besser übergeben können«, hatte Frau Eber, meine ehemalige Lehrerin, gesagt. Die Nahrung, die ich in den letzten Stunden zu mir genommen hatte, blieb nicht lange in mir. Ich wischte mir den Mund ab und schwankte weiter. Nur verschwommen nahm ich die Umgebung wahr, in meinem Hals klopfte es und das Schlucken schmerzte. Ich fror immer mehr und sehnte mich nach Wärme. Schnell, aber auf unsicheren Beinen, lief ich querfeldein über die Wiese. Jedes Stück, das ich mich von Mama entfernte, gab mir einen Stich ins Herz.

Einzig und allein der Gedanke, dass meine Flucht Mamas Wunsch war, ließ mich gehen. Ich dachte an das Mädchen mit den Schwefelhölzern, das erfroren war und am Ende tot im Schnee gelegen hatte. In meinem Kopf spielte sich das Märchen ab. Was, wenn mir Ähnliches passieren würde? Jedenfalls würde ich das bei diesen Temperaturen nicht mehr lange aushalten.

Ich musste schneller werden, mir irgendwo eine Unterkunft suchen und danach Hilfe holen. Die einzige Chance war Carolin.

Auf einmal wurde es nebelig und mir fiel das Sehen schwer. Ich versuchte die Augen offenzuhalten, aber diese brannten schrecklich und ich wurde müde. Um nicht einzuschlafen, öffnete ich den Mund und sang.

»Ich kann nicht glauben,
was mit mir geschieht.
Ich sehe in deine Augen,
mit denen du mich umgibst.«

Meine Stimme zitterte. Ich versuchte mich an den Text meiner Verwandlung zu erinnern. Spürte ich ein Kribbeln? In den

Füßen? In den Händen? Den Armen? Nein, nichts. Ich summte immer wieder die Melodie, aber der Text war mir bis auf die ersten Zeilen entfallen. Meine Beine trugen mich weiter, der Wind blies mir ins Gesicht. Ich musste eine Straße erreichen, so schnell wie möglich, sah mich nach allen Seiten um und wandte meinen Blick zurück. Würde man mich verfolgen?

Ich nahm eine menschliche Gestalt wahr, viele Meter von mir entfernt. Die Person kam schnell auf mich zu. Der Nebel machte sie unkenntlich, aber mein Gefühl sagte mir, dass es einer der Männer sein musste. Blitzschnell versteckte ich mich hinter einem großen Strauch, der leider seine Blätter im Winter verloren hatte. Somit war dies nicht das beste Versteck, aber ich hoffte, dass der Nebel mich schützte. Als die Gestalt näher kam, hörte ich an ihrer Stimme, dass es Obermann war. Er rief mehrmals meinen Namen. »Liz.«

Aber ich reagierte nicht. Jede Bewegung konnte mein eigener Verrat sein, das war mir bewusst.

»Es geht nicht nur ums Geld. Versteh doch, Liz! Du musst zurückkommen. Ich bitte dich.«

Es ging nicht nur ums Geld? Die Männer widersprachen sich, Hirgli hatte mir die Wichtigkeit des Geldes schließlich klar und deutlich erklärt. Obermann log. Er war genau wie die anderen und würde mich bedingungslos ausliefern, sodass ich ihm nicht vertrauen konnte. Auch sein Herz schrie nach Geld. Ich kannte viele solcher Leute. Allein die Mädchen aus meiner Klasse reichten mir. Viele waren nicht vermögend, sondern einfach nur neureich. Sie kauften sich Statussymbole, um viel Geld vorzutäuschen, arrogante Zicken, die für Geld, Ansehen und Macht alles tun würden, so wie sie es aus Hollywoodfilmen kannten. Ich schüttelte mich. Auf einmal spürte ich etwas Hartes unter meinen Schuhen. Erst dachte ich mir nichts Schlimmes dabei, doch dann hörte ich ein Krachen und Obermann sah mich erschrocken an. Es war ein Ast gewesen, der mich verraten hatte.

Panisch rannte ich, so schnell mich meine Beine trugen, über das Feld. Irgendwann sah ich mich um. War er weg? Hatte er aufgegeben? Dafür war er nicht der Typ. Bestimmt hockte er irgendwo und wartete auf mich. Vorsichtig huschte ich das letzte Stück Gras entlang und betrat schließlich eine asphaltierte Straße. Es war jene, auf der wir mit dem Anhänger gefahren waren. Anhand der Kurven konnte ich dies zuordnen. Außerdem erinnerte ich mich wieder an den merkwürdigen Geruch. Diesmal war ich mir ziemlich sicher, dass es Fisch war. Vielleicht lag es an meiner Katzennase.

Möglicherweise hatte diese die Fährte nach Nahrung aufgenommen. War hier ein Fluss in der Nähe? Erschöpft blickte ich mich um, rannte über die Straße und schaute auf die Wiese dahinter, die ich wegen eines Schneehaufens und eines Gestrüpps nicht gesehen hatte.

Plötzlich hörte ich Wasser. Tatsächlich! Hier war ein Fluss. Blitzschnell rannte ich geradeaus. Es dauerte nicht mal eine Minute, bis ich meine Hände in das klare Wasser hielt.

Ich spürte die Strömung, sie zog nach rechts. Mit meiner Schnauze fuhr ich durch das Wasser. Nach einigen Minuten hielt ich einen zappelnden Fisch in der Hand.

Früher hätte ich niemals daran gedacht, einen rohen Fisch zu essen (ich hasste sogar Sushi), aber in diesem Moment empfand ich den Geschmack als köstlich. Danach ging es mir wieder besser und ich sprang über den schmalen Fluss.

»Wenn ich nur einen Stadtplan hätte«, flüsterte ich leise. Mit der Bahn könnte ich wahrscheinlich ganz einfach den Weg zurückfahren. Jedoch fiel mir in diesem Augenblick ein, dass mein Aussehen alles andere als unauffällig wäre. Außerdem hatte ich keinen Stadtplan.

Verzweifelt lief ich geradeaus. An den Stellen, an denen ich die tierischen Kennzeichen nicht verloren hatte, war mir warm, stellte ich fest. Hätte Mama mich nur nicht teilweise zurückverwandelt, seufzte ich, dann könnte ich unbeachtet herumlaufen und Caro suchen. Aber so war es nicht. Es pochte in meinem Kopf.

Meine Kräfte ließen nach, trotz Nahrung und kurzer Pause. Irgendwo musste ich mich ausruhen. Aber es gab keinen Ort, an dem ich nicht erfrieren würde. Die Schneeschicht auf dem Boden wurde höher. Ich fragte mich, wie aus so kleinen Flocken eine so gewaltige Schneemasse werden konnte. Diesen Gedanken verwarf ich und hustete. Die kalte Luft hatte meinen Hals ausgetrocknet, auch meine Wangen waren von der Kälte rot geworden.

Ich musste etwas ändern. Der Nebel zog weiter und langsam fiel mir das Sehen leichter. In der Ferne sah ich einen großen dunklen Fleck. Es war kein Mensch, da war ich mir ganz sicher.

Somit rannte ich darauf zu und erkannte voller Freude, dass es sich um ein Gartenhaus handelte. Nebenan standen noch zwei weitere. Es waren Schrebergärten, sie waren alle drei eingezäunt, aber es war für mich leicht hinüberzuspringen.

Mein Körper war leichter als sonst, ich brachte bestimmt 30 Kilo weniger auf die Waage. Es war wie im Wasser, ein beglückendes Leichtigkeitsgefühl.

Als meine Hände das kalte Holz der Tür spürten, kroch die Hoffnung auf Wärme mein Bein hinauf. Doch wie erwartet war sie abgeschlossen. Enttäuscht sah ich zurück. Ob Obermann hier in der Nähe war?

Das Häuschen war nicht nur eine gute Unterkunft für die bevorstehende Nacht, sondern auch noch ein gutes Versteck. Auch das zweite Haus war abgeschlossen.

Bei dem dritten hatte ich jedoch Glück. Unter einem Stein vor der Tür fand ich einen Schlüssel, mit dem ich mir Eintritt verschaffen konnte. Glücklich sprang ich auf eine Bank und machte es mir bequem. Neugierig sah ich mich um. Es war gemütlich hier. Neben einem kleinen Schrank stand ein Tisch mit einer leeren Obstschale. Zufrieden musterte ich den Schrank. In einem Wäschekorb fand ich nicht nur eine halbwegs passende Jacke, sondern auch eine nach Pferden riechende Decke. Kaum hatte ich mir beides geschnappt, hörte ich ein Auto die Straße neben dem Fluss entlangfahren. Nervös blickte ich aus dem kleinen Sprossenfenster. Ein dicker schwarzer BMW parkte vor dem Schrebergarten und ein Mann in dicker Winterkleidung stieg aus.

Er telefonierte mit dem Handy und sprach hektisch. Ich hoffte sehr, dass er nicht auf dem Weg in sein Gartenhaus war. Glücklicherweise blieb er stehen. Er schimpfte laut mit seinem Telefonpartner und rief mehrmals den Namen »Katharina.«

Während des Gesprächs konnte ich aus dem Zusammenhang erkennen, dass diese Katharina seine Tochter war.

»Ja«, rief er. »Ich bin gleich da.«

Erleichtert sah ich mit an, wie er wieder in seinen Wagen stieg und weiterfuhr. Endlich konnte ich mich beruhigt hinlegen.

Die ganze Zeit dachte ich an Mama und betete, dass sie ihr nichts Schlimmes taten und dass ich sie rechtzeitig befreien würde. Meine Gedanken an sie quälten mich und ich versuchte sie fortzuscheuchen. Dies gelang mir erst, als ich eingeschlafen war.

Ich zitterte, als ich erwachte. Wieder hatte ich Angst. Das Ganze war zu kompliziert für mich, damit kam ich nicht klar. Es verwirrte mich und ich schüttelte den Kopf.

»Ich muss weitergehen, Caro suchen und sie um Hilfe bitten. Sie muss Mama befreien«, sagte ich zu mir selbst.

Mit der Jacke am Körper kämpfte ich mich wenig später wieder durch den Schnee. Was Hirgli den Reportern wohl gesagt hatte? »Entschuldigen Sie bitte, aber das Mädchen, das ich entführt habe, weil es verzaubert ist, ist in Form einer Halbkatze geflohen und steht leider für keine Interviews und Fotos zur Verfügung?« Bei dem Gedanken an diese Erklärung musste ich fast lachen.

Wahrscheinlich meldete er sich gar nicht mehr und die Menschen hielten ihn für einen Hochstapler. Dies gefiel mir. Sie schenkten ihm keinen Glauben, ganz bestimmt. Ich hörte eine Kirchenglocke läuten, neun Uhr morgens war es. Auf einmal wurde mir klar, was die Kirche bedeutete. Ich war auf dem richtigen Weg. Eine Kirche bedeutete ein Dorf. Ein Dorf bedeutete Menschen. Menschen bedeuteten Essen, Telefon, Hilfe.

Jedoch konnten Menschen auch Verrat und Geldgier bedeuten. Aber schlimmer als in den Händen Hirglis konnte es doch gar nicht mehr werden, oder?

Unterwegs

Es roch nach Pommes frites und frischgebackener Pizza. Appetit hatte ich auf nichts von beidem, aber die Menschen, die schon auf der Straße waren, schienen begeistert von dem Geruch. Sie rannten dem Italiener fast die Bude ein und auch der Imbissverkäufer konnte sich vor Kunden kaum retten.

Mittlerweile war es etwas später, kurz vor elf. Ich hatte mich lange hinter einer Mauer versteckt, bis ich es wagte, auf die Einkaufsstraße zu treten.

Die Rüschen hatte ich von meinem Kleid entfernt und mithilfe der Klammern die Haare geschickt über die Ohren gebunden. Ehrlich gesagt, sah diese Frisur nicht einmal schlecht aus. Selbst den Katzenschwanz konnte ich unter meinem Kleid verbergen. Das einzige richtige Problem war meine Nase. Den Kopf zu Boden geneigt, ging ich in einen Laden. Dort wurden Mützen, Handschuhe, Schals und andere Wintersachen günstig angeboten. Leider brachten mir auch die billigen Preise nichts, denn ich hatte gar kein Geld.

Mit hochrotem Kopf sah ich mich um. Niemand schien mich zu beobachten. Natürlich wusste ich, dass mich das, was ich dann tat, noch lange verfolgen würde, aber in diesem Moment war mir so kalt, dass mir die Tat fast egal war.

Aufgeregt schritt ich in das Geschäft und griff blitzschnell in eine Kiste mit Mützen. Keiner hatte gesehen, wie ich eine davon unter meiner Jacke verschwinden ließ. Selbstverständlich war mir bewusst, dass man nicht klauen durfte. Aber in der Not? Ich verließ das Geschäft unauffällig und leise.

Kaum war ich draußen, setzte ich die Mütze auf und sah mich erneut um. Wie kam ich nur an ein Telefon? Ich fand relativ schnell eine Telefonzelle, aber das nötige Kleingeld hatte ich nicht. Plötzlich spürte ich in der Tasche *meiner* neuen Jacke etwas kleines Rundes. Ich konnte mein Glück kaum fassen, aber es war ein Geldstück. Da dieses nur einen geringen Wert hatte, plante ich schon vorher meine Worte. Jede Sekunde war eine Chance auf Hilfe.

Meine Finger ließen die Münze nur ungern in den Schlitz fallen, aber als ich wenige Sekunden später das Piepen hörte, empfand ich ein Gefühl von Hoffnung.

»Julia Seiler«, hörte ich Julias Stimme sagen.

»Julia, hier ist Liz. Hör mir jetzt genau zu ...«

»LIZ! Wo bist du? Warum seid ihr abgehauen? Mama, Liz ist hier am Telefon. KOMM.«

»Schnell. Ich hab nur noch wenige Sekunden. Ihr müsst kommen. Ich bin hier in einem kleinen Ort, nahe eines Schrebergartens. Ich brauche eure Hilfe. Wir treffen uns dann ...«

Das Piepen beendete unser Gespräch, das Geld war weg. Ich fluchte. Mit den wenigen Informationen konnten Caro und Julia bestimmt nichts anfangen. Ich blieb stehen und sah mich hilflos um. Ob man hier betteln konnte? Eine Frau, sie hatte lange blonde Haare, stand vor einem Laden, in dem handgemachte Pullover verkauft wurden. Mutig ging ich auf sie zu.

»Haben Sie Arbeit für mich?«, kam es einfach aus mir heraus.

Man guckt Menschen an, wenn man mit ihnen redet, hatte Mama mir einmal gesagt. Ich entschied mich diesmal, dank meines seltsamen Aussehens, dagegen.

»Kannst du nähen?«, fragte sie.

Ich nickte.

»Komm mal mit.« Ich folgte ihr, ohne richtig aufzusehen, in einen Gang. Man konnte sofort feststellen, dass hier die Ärmeren lebten, an den Balkons der Wohnungen hingen schon die ersten Weihnachtskugeln und an einem Tannenzweig leuchtete eine bunte Girlande. Ich war kein großer Fan von farbenfrohen Weihnachtsdekorationen. Die Farben für diese Zeit waren für mich ausschließlich Gold und Rot. Genau an dieser Wohnung hielt die Frau und schloss auf.

»Oben habe ich Stoff. Manche Leute bringen mir ihre kaputten Kleider. Ich habe denen schon oft gesagt, dass ich nicht repariere, aber die Menschen lassen nicht nach.«

Höflicherweise blieb ich draußen stehen, während Madeleine (so stellte sie sich mir vor) rasch nach oben ging, um den Stoff zu holen.

Wenig später hockte ich in ihrem Arbeitsraum auf einem Stuhl und flickte Kleidung zusammen. Ehrlich gesagt war ich ziemlich überrascht, dass Madeleine mir ohne irgendwelche Fragen sofort eine Arbeit gegeben hatte. Als habe sie meine Gedanken gelesen, sah sie mich an.

»Wie alt bist du eigentlich?«, fragte sie.

»16«, log ich, weil ich wusste, dass ich dafür durchgehen würde.

Sie nickte zufrieden, als sie meine getane Arbeit sah.

»Arbeiten öfters Jugendliche bei Ihnen?«

»Ja, ich tue, was ich kann und gebe gerne Arbeit an Suchende. Die Arbeitslosigkeit ist groß und Teenies gehen oft klauen. Ich denke, dass die, die sich Geld auf ehrliche Weise verschaffen wollen, eine Chance haben sollten, dies zu können.«

Ich wurde rot. Klauen? Das schlechte Gewissen packte mich.

»Ich kann leider nur heute hier arbeiten, aber wie viel Geld bekomme ich?«, fragte ich.

»Wenn du fleißig weiterarbeitest, kann ich dir 20 Euro geben.«

»Danke.«

Auf einmal blickte Madeleine mich neugierig an. »Wieso schaust du eigentlich nur auf den Boden?«

Vor dieser Frage hatte ich mich die ganze Zeit gefürchtet. Ich verkrampfte all meine Glieder und versuchte mir eine glaubwürdige Ausrede einfallen zu lassen.

»Akne«, hustete ich dann.

Madeleine legte mir eine Hand auf den Rücken.

»Muss dir doch nicht unangenehm sein. Ich hatte auch mal eine schlimme Haut. Ist weg, seitdem ich siebzehn bin.« Madeleine kicherte. »Möchtest du einen Keks haben?«

Ich schüttelte den Kopf. »Nein, danke.«

Meine Hände bewegten sich wie automatisch mit der Nadel über den weißen Stoff.

»Machst du dir etwa auch Gedanken um deine Figur? Meiner Meinung nach ist das alles überbewertet. Kein Mann möchte doch so ein Knochengerüst als Frau haben.«

Ich lächelte. »Unsinn. Ich habe noch keinen großen Hunger.«

Das änderte sich aber, denn ich verbrachte den ganzen Tag mit Madeleine in der Nähstube und noch einmal fragte sie, ob ich Hunger hätte. Und auch wenn ich als Katze eigentlich nicht so viel Interesse an ihrem vegetarischen Auflauf haben sollte, langte ich ordentlich zu.

»Ich habe selten jemanden so viel essen sehen«, lachte Madeleine.

Sie war so freundlich, dass ich mir noch unhöflicher vorkam, weil ich ihr nicht mein Gesicht zeigte.

Am Abend, ich hatte fleißig meine Arbeit erledigt, fragte mich Madeleine, wo ich denn wohnte. Erschrocken über diese Frage überlegte ich. Blitzschnell schielte ich auf einen Immobilienprospekt, der glücklicherweise auf einem niedrigen Tisch neben mir lag.

»Im Trachtenweg«, antwortete ich schwach und hoffte, dass sie nicht zufällig auch dort wohnte. Aber Madeleine nickte nur. Sie bot mir an, ein Taxi zu rufen und ich nahm dankend an. Freundlicherweise zahlte sie den Fahrer für eine halbe Stunde und ich stieg in den gelben Wagen.

»Auf Wiedersehen«, rief ich ihr noch zu, ehe das Taxi hinter einer Straßenecke verschwand.

»Wo wollen Sie hin?«, fragte der Fahrer und schaute mich grimmig an. Auch hier sah ich nur auf den Boden. Kurz überlegte ich, wirklich in den Trachtenweg zu fahren, aber dann entschied ich mich dagegen.

»Entschuldigung, aber wie lange sind wir von München entfernt?« Vielleicht konnte der Mann mir Auskunft über unseren Aufenthaltsort geben.

»München?« Er schmunzelte. Das konnte ich im Rückspiegel sehen, als ich mich trautem einen Blick hinein zuwerfen.

»Von hier aus? Naja. Ich denke, vier Stunden sind Sie schon unterwegs, junge Dame.«

Ich biss auf meine Unterlippe. Vier Stunden? Das war ein Wort.

»Dann möchte ich gerne ins nächste Dorf.« Ungeduldig rollte ich den Zwanzigeuro-Schein ein und wickelte ihn wieder aus. Diesen Vorgang wiederholte ich mehrfach und wartete. Sollte ich mein verdientes Geld in eine Weiterfahrt investieren? Da mich der Wert des Geldes nicht viel weiterbringen würde, entschied ich mich für das »Nein.«

Per Anhalter fahren schied für mich normalerweise total aus. Mama sagte immer, dass die Gefahr damit vorprogrammiert sei und ich das NIEMALS tun dürfte. Aber in der Not vergaß man alle Konsequenzen und ich stellte mich wenige Kilometer weiter an den Straßenrand. Mein Aussehen schien die Menschen jedoch abzuschrecken. Und ich musste zugeben, dass mein gesenkter Blick etwas Unheimliches hatte.

Irgendwann gab ich also auf. Mich würde sowieso niemand mitnehmen. Unzufrieden ging ich zu Fuß weiter.

Meine Schuhe drückten an den Zehen und ich wollte sie am liebsten ausziehen. Aber die Vorstellung, mit nackten Füßen durch den Schnee zu laufen, war zu schlimm.

»Wieso habe ich nicht mein Handy mitgenommen?«

Plötzlich wurde mir ganz schlecht. Warum hatte ich Madeleine nicht nach einem Telefon gefragt? Sollte ich umkehren? Wieder schlug die Kirchenglocke. Es war 21 Uhr. Ob der Pfarrer noch in der Kirche war? Mir kam ein genialer Einfall. Hieß es nicht, dass die Pastoren unter Schweigepflicht standen? Das war meine Rettung. Schnell huschte ich an der Straße entlang und folgte dem Klang der Glocke, bis der letzte Schlag verstummte. Mein Herz schlug schnell. Ich hoffte, dass der Pastor die Kirche noch nicht verlassen hatte, aber vielleicht meinte man es endlich gut mit mir.

Die Idee

Lange Zeit suchte ich nach Lösungen. Ich brauchte Hilfe, wollte, dass mir jemand zur Seite stand. Aber eine Idee, die nicht aussichtslos war, hatte ich nicht. Dafür gab es manchmal Momente, in denen die Ideen vom Himmel fielen. Ja, wortwörtlich vom Himmel. Vielleicht sogar von Gott gesandt. Ich musste in die Kirche.

Die schwere Tür war offen und am Altar stand ein Mann in einem langen Gewand. Von hinten ging ich langsam auf ihn zu. Aufgeregt zog ich die Klammer aus den Haaren, sodass diese meine Schultern hinunterfielen und meine Ohren freimachten. Auch meinen Schwanz versteckte ich nicht mehr und ließ ihn zum Vorschein kommen.

»Herr Pfarrer?« Die Unsicherheit war aus meiner Stimme leicht herauszuhören.

Er drehte sich zu mir um. Ich zögerte einen Moment, sah aber dann auf. Er musterte mich. Erschrocken fuhr er herum.

»Kind!«, rief er auf. »Um Himmels willen, was ist mit dir geschehen?«

Sein Blick war überrascht, aber nicht unfreundlich.

»Ich brauche Hilfe«, flüsterte ich.

Vorsichtig schob er mich in die Sakristei. Er hatte eine Art, die mich ihm Vertrauen schenken ließ, und so schüttete ich ihm mein Herz aus. Ich begann bei dem nächtlichen Besuch, berichtete von Carolin und Julia, von der kleinen Katze Mia, von meiner zweiten Begegnung mit Hirgli, Mamas Erzählung und von meiner Verwandlung. Schließlich endete ich bei meiner Flucht. Als ich fertig war, sah er mich mit ungläubigen Augen an.

»Die Menschen kommen täglich zu mir. Sie fragen mich um Rat, erzählen mir Dinge aus ihrem Leben und bitten mich um Hilfe. Aber du, mein Kind, du bist die Erste, die mir eine solch seltsame Geschichte erzählt.«

Ich hoffte sehr, dass er mir glaubte und mich nicht für eine Hochstaplerin hielt. Mein Anblick ließ ihn glauben.

»Wie kann ich dir helfen, Liz?«

»Ich würde gerne bei unseren Freunden anrufen und sie bei der Befreiung meiner Mutter um Hilfe bitten.«

Der Pfarrer war einverstanden und holte ein Telefon. Ich wählte.

»Carolin Seiler.«

»Caro! Hier ist Liz. Du musst mir jetzt ganz in Ruhe zuhören. Wir wurden entführt. Ich konnte fliehen, aber Mama ist noch in der Gewalt der Männer. Das alles liegt an Mamas Vergangenheit.«

Sie schwieg kurz.

»Liz, du musst zurückgehen und dich den Männern stellen.«

Ich hätte mit vielen Reaktionen gerechnet, aber mit dieser nicht.

»Aber...«

»Kein Aber. Hirgli und die anderen sind stark. Sie werden nicht aufgeben. Wenn du deine Mutter retten willst, dann hör auf mich, geh zurück und tue, was sie verlangen.«

Ich sagte gar nichts.

»Liz? Bist du noch da? Liz? Wo bist du? Sag mir, wo bist du?«

Ich legte auf. Meine Hoffnung war umsonst gewesen.

»Kann ich eine Nacht hierbleiben?«, fragte ich den Pfarrer.

Er nickte, brachte mir eine Decke und einen kleinen Karton.

»Es hat sich vor einiger Zeit eine Familie hier aufgehalten, der ich Kirchenasyl geboten habe. Als die Familie dann plötzlich weg war, fand ich die Sachen der ältesten Tochter.«

Im Karton befanden sich eine weiße Leggings, ein Tuch, eine kleine Tasche und ein Armreif.

»Sie sind für dich.« Er reichte sie mir.

»Das kann ich unmöglich annehmen«, sagte ich verlegen und musterte die Sachen. Insgeheim hoffte ich natürlich, die Dinge behalten zu können, denn noch immer war mir eiskalt.

»Oh doch, mein Kind. Es ist mir eine Freude, sie dir zu geben.«

Unsicher nahm ich die Leggins und streifte sie mir über. Mit dem Tuch versuchte ich meine Katzenmerkmale zu verbergen, die Tasche hängte ich um meine Schulter.

»Vergiss den Armreif nicht. Er ist das, was du wahrscheinlich am meisten brauchst. Ihn habe ich nicht gekauft, sondern von einer Frau bekommen. Sie gab sich damals als Hexe aus, aber ich schenkte ihren Erzählungen keinen Glauben. Es war ein Dankeschön, weil ich ihr die Beichte abgenommen hatte. *Wenn Sie einen Wunsch haben, der es wert ist, wird der Armreif ihn erfüllen.*

Das waren ihre Worte. Ich möchte, dass du ihn nimmst. Du brauchst ihn am nötigsten.«

Ehrfürchtig legte ich mir das kostbare Geschenk um. Der Pfarrer füllte mir die Tasche mit Nahrung und legte einen Stadtplan hinzu.

»Wenn du in Not bist, weißt du, wo du unterkommen kannst. Das Haus Gottes bietet jedem Schutz, Elizabeth.«

Ich dankte ihm und legte mich auf den Platz, den er mir für die Nacht zur Verfügung gestellt hatte. Es war der erste Ort, an dem ich mich sicher fühlte.

Als ich den Armreif an meinem Handgelenk spürte, fragte ich mich, ob ich mir Mamas Freilassung wünschen sollte. Oder Hirglis Vernichtung? Oder einfach mein altes Leben zurück? Aber ich fürchtete mich davor, dass es nicht funktionieren würde oder mein Wunsch zu groß war. Ohne den silbrigen Reifen um eine Wunscherfüllung zu bitten, legte ich mich auf die Seite und schlief ein.

Eine Männerhand klopfte mir auf meinen Rücken.

»Elizabeth?« Es war der Pfarrer. »In einer Viertelstunde beginnt der Gottesdienst. Wenn du unbemerkt verschwinden möchtest, dann solltest du dich nun auf den Weg machen.«

Müde stand ich auf, packte meine neue Tasche unter den Arm und verdeckte meine tierischen Züge.

»Leb wohl. Ich wünsche Dir alles Glück der Welt.«

»Danke. Ich danke Ihnen für alles.« Mit neu gewonnener Kraft eilte ich aus der Kirche.

Plötzlich stand ich wieder draußen und es war, als sei ich nie woanders gewesen. Ich wusste allerdings nicht, ob dies gut oder schlecht war. Möglichst schnell verschwand ich hinter der großen Kirche.

Wieder fühlte ich mich allein, sogar noch einsamer, denn auch meine *Freunde* hatten mich verstoßen. Und meine einzige Chance auf ein Leben mit meiner Mutter war eine neue Idee. Eine bessere Idee! Eine Idee, die funktionierte und die mich rettete. Ich vermisste mein altes Leben, wollte es wiederhaben.

Sehnsucht nach einem geliebten Menschen war schon grausam, ließ sich aber manchmal beheben. Aber Sehnsucht nach einer Zeit, die in der Vergangenheit lag, war hoffnungslos. Mir war wieder schlecht. Ich kniete mich in den Schnee und begann zu weinen. Erst nachdem die Tränen in den Stoff des Tuches eingesickert waren, wunderte ich mich über meine Fähigkeit zum Weinen. Verloren hatte ich diese also auch nicht.

»Bitte«, rief ich und auf einmal hatte ich das Gefühl, dass die Masse an Schnee, die vom Himmel kam, sich halbierte und stattdessen der Einfall vom Himmel fiel. Ich erinnerte mich an die Nacht, in der ich den Namen meiner Mutter geflüstert hatte.

»Jala.«

Da Katzen doch eine Lebenserwartung von ungefähr achtzehn Jahren haben, konnte Jala noch leben. Vielleicht hatte ich Glück. Wenn Jala noch lebte, konnte ich sie suchen gehen und um Rat fragen. Ich war ihr Kind, und wenn sie ein Herz hatte, war ihr mein Wohl vielleicht nicht egal.

Oder? Wenn ich nur wüsste, wie ich Jala finden konnte. Wie sollte man denn jemanden finden, von dem man nicht wusste, wie er aussah? Hoffnungslos?! Hätte ich Mama nur mehr über das Aussehen gefragt ...

Ich zog den Stadtplan aus der Tasche und versuchte mich zu orientieren. Schnell hatte ich mich zurechtgefunden und den schnellsten Weg in den nächsten Ort herausgesucht. Ich musste nur ein paar Straßen überqueren.

Das tat ich dann auch. Die nächste Einkaufsstraße war leicht gefunden und es war nicht schwer zu erkennen, dass hier nur die ganz Armen wohnten. An jeder Straßenecke saßen Bettler und Obdachlose. Es war kein schönes Gefühl, nicht zu wissen, wohin ich gehen musste. War rechts die richtige Richtung oder doch links? Was war denn überhaupt richtig und was war falsch? Ich hätte alles für eine Antwort auf diese Frage gegeben. Ich zuckte plötzlich zusammen. Jemand schrie um Hilfe.

Elvis, der Straßenjunge

»Ich wurde bestohlen.« Es war eine reich aussehende Frau. Sie schien die Einzige in diesem Teil der Stadt zu sein, die sich mehr als das tägliche Brot leisten konnte. Mehr? Viel mehr! Sie trug einen kleinen Schoßhund mit sich, den sie fest umklammerte. Ihre Haare waren hochtoupiert und mit vielen Haarspangen festgesteckt, die Lippen im zugepuderten Gesicht dick übermalt.

»Der Kerl hat mir mein Portemonnaie geklaut. Jemand muss ihn verhaften.« Hysterisch wedelte sie mit ihrer Handtasche in der Luft herum. Zwei Polizisten rannten im Eiltempo auf einen Jungen zu, der blondes zerzaustes Haar hatte. Ich konnte ihn nur von hinten sehen, aber auf einmal drehte er sich zu mir um. Sein Gesicht war verzweifelt und hilflos.

»Ich habe nix getan«, rief er, ehe er von einem der Beamten am Kragen gefasst wurde.

In meinem Kopf sah ich immer wieder seinen Blick, und obwohl ich den Jungen nicht für unschuldig hielt, tat er mir leid. Ich hatte auch gestohlen und hätte große Angst gehabt, wenn man mich erwischt hätte.

»Führen Sie diesen Buben ab«, kommandierte die Lady im schicken Dress.

Der Junge schrie und schrie. »Lassen Sie mich gehen.«

Ich wurde aktiv. Durch meine Verwandlung war ich schnell geworden, sehr schnell. Ich lief auf den Jungen zu, packte ihn am Arm und zog ihn hinter mir her. Es war unglaublich. *So muss sich Superman fühlen,* dachte ich, während ich den Jungen immer noch festhielt und nicht mehr losließ. Er hatte aufgehört, um Gnade zu rufen.

»Wer bist du?«, fragte ich, als wir in Sicherheit waren.

»Elvis«, sagte der Junge.

Ich schaute ihn an und sagte nichts.

»Danke, fremdes Mädchen«, wisperte Elvis leise.

Mein Kopf nickte wie automatisch.

»Warum hast du das getan?« Elvis lächelte.

Ich überlegte, wie alt er wohl war, und tippte auf ein Jahr älter als ich. Mir wurde ganz schwummrig, als ich die Stimmen der Polizisten hörte. Elvis wartete noch auf eine Antwort. Ich zuckte mit den Schultern, den Blick hielt ich immer noch gesenkt.

»Ich bin Liz.«

»Schön, dich kennenzulernen, Liz.« Er nahm meine Hand und küsste sie. Meine Wangen röteten sich.

»Was hast du denn geklaut?« Ob ich richtig gehandelt hatte?

Elvis sah verlegen aus.

»Die Geldbörse und das Essen für den Hund.«

Langsam näherte er sich einem struppigen Hund, der auf einer Mauer gehockt hatte und zu uns sah. Ich konnte seine Rasse nicht zuordnen.

»Ist das deiner?«

Elvis lachte. »Sein Name ist Cem. Ich habe ihn gefunden. Auf der Straße.«

Mit den Händen fuhr ich über das dreckige Fell. Cem reagierte misstrauisch auf mich. Plötzlich fiel er mich an und stieß so fest gegen mich, dass ich gegen einen Krug kippte. Panisch sprang ich zur Seite, stolperte und fiel zu Boden. Dabei konnte ich meine Haltung nicht kontrollieren und die Mütze riss von meinem Kopf.

»Was ist denn das?« Erschrocken sah Elvis mich an. Er ging viele Schritte von mir weg und drehte sich aufgeregt zu der Straße um.

»Keinen Schritt näher ... sonst ... sonst schreie ich.«

Ich schämte mich für mein Aussehen, drehte mich zur Seite und schlug mit den Handinnenflächen gegen mein Gesicht.

»Bitte, sag nichts. Ich bin friedlich. Du musst mir helfen.« Ich streckte ihm die Hand aus. Zögernd sah er mich an.

»Bist du eine Außerirdische?«

Ich schüttelte den Kopf und schmunzelte.

»Ich komme von der Erde. Genau wie du. Ich bin eigentlich ein Mensch. Ich bin ....« Ich suchte nach den richtigen Worten.

»Verzaubert?!« Elvis fiel mir ins Wort.

»So kann man es nennen....« Und zum zweiten Mal erzählte ich die richtige Geschichte. Es klang so seltsam, dass ich mir selbst fast keinen Glauben schenkte. Ich zitterte vor lauter Angst, er könne mich verraten.

»Ist dir kalt?«, fragte er besorgt.

Mir wurde sofort besser, als er meine Hand nahm und seinen Mantel auszog.

»Komm mit. Ich zeige dir etwas.« Elvis lächelte mich freundlich an. Ich war mir nicht sicher, ob er mir glaubte, aber er akzeptierte mich und nur das zählte. Schnell lief ich ihm hinterher. Er führte mich zu einer Mauer und blieb stehen.

»Was ist?«, wollte ich wissen.

Elvis deutete auf einen Tunnel, über dem ein Fluss floss.

»Dort wohne ich«, erklärte er.

Gemeinsam gingen wir einen Weg hinunter. Im Tunnel war es dunkel.

»Mittlerweile gibt es die Brücke. Den Tunnel nutzt eigentlich niemand mehr, niemand außer mir.«

Ich musterte meine Umgebung. Wir liefen noch ein Stück weiter und standen schließlich vor einer Decke.

»Du wohnst hier?« Überrascht ließ ich die Tasche fallen und bückte mich. Auf dem Boden standen ein zerbrochener Krug und eine Schale. »Hast du keine Eltern?«

Elvis schüttelte den Kopf, sodass die ungekämmten Haare wild umherflogen.

»Meine Mutter ist gestorben und mein Papa im Krieg.«

Ich schwieg betroffen.

»Und, du hast niemanden mehr?«

Wieder schüttelte er den Kopf.

Er sah mich an. »Und was machst du nun?«

Ich zuckte mit den Schultern.

»Ich denke, naja. Ich denke, ich werde meine Mutter alleine befreien müssen. Mir fehlt es jedoch an einem Plan.«

Elvis grinste mit geschwollener Brust. »Ich kann dir helfen. Ich bin ein guter Kämpfer.«

Das glaubte ich ihm sogar. Trotz seines abgemagerten Körpers hatte er viele Muskeln und wirkte dadurch wie ein Erwachsener.

»Wenn mir jemand Arbeit gibt, dann arbeite ich hart. Man braucht viel Kraft.«

Ich merkte immer mehr, dass er ein armer Junge war, und fühlte mich in seiner Anwesenheit wohl, wohler als in der Nähstube und wohler als in der Kirche. Nicht nur, weil er genau wie ich alleine, ohne Eltern war. Auch, weil er die Not mit mir teilte.

»Willst du eine Weile bei mir bleiben?.«

Mit dem Vorschlag war ich mehr als einverstanden.

»Hast du Hunger?« Mein Magen knurrte. Dies reichte ihm als Antwort. »Ich kann Essen besorgen.«

»Klauen?« Woher sonst sollte er Nahrung bekommen?

Von dem Geld, das er der Frau abgenommen hatte, konnte er sich zwar genug leisten, aber ich tippte darauf, dass er das Geld lieber für die nächsten Tage sparte und für den heutigen Tag anders sorgte. Da ich jedoch keine andere Alternative hatte, nickte ich.

»Warte hier!«

Ich setzte mich auf den kühlen Boden und legte die Decke über meine kalten Beine. »Okay«, flüsterte ich.

Cem ließ sich neben mir nieder und fraß die Schale mit Futter leer. Ich streichelte über sein Fell, doch das gefiel ihm nicht.

»Ich weiß, Kleiner. Ich rieche nach Katze, aber ich tu dir nichts.«

Nach einer Weile hatte er wohl Vertrauen gewonnen und leckte über meinen Arm. Ich wartete noch eine ganze Weile, bis Elvis mit einem dicken Grinsen vor mir stand.

»Beste Speisen für die Lady.« Er präsentierte mir seine Beute. »Paprika, Milch, Brot, Butter, Nudeln und noch mehr. Die Händler waren sehr unaufmerksam.«

Stolz legte er die Dinge auf die Decke und öffnete die Packungen. Ich griff in eine Tüte mit Brot und zog eine Scheibe heraus. Eine Weile saßen wir einfach nur so da und schauten uns an. Ich war ihm unendlich dankbar und beneidete ihn um seine Selbstständigkeit. Mir war natürlich klar, dass man nicht stehlen durfte, aber war es nicht Mundraub? Es war doch notwendig für ihn.

Ich konnte nicht sagen, was richtig und was falsch ist, aber ich wusste Elvisals Menschen einzuschätzen. Auch wenn ich ihn erst seit einer guten Stunde kannte, war er mir vertraut und ich hatte das Gefühl, ihn ewig zu kennen. Er war kein Dieb, sondern ein guter Junge. Ich war froh, ihn kennengelernt zu haben.

»Gehst du täglich klauen?«, fragte ich.

Elvis schien mit dem Reden darüber keine Probleme mehr zu haben, denn er plapperte, was das Zeug hielt.

»Nee. Meistens gehe ich nur betteln. Außerdem habe ich Arbeit im Ort. Jedes Wochenende helfe ich bei der Beladung von Schiffen, die in andere Länder fahren. Auch wenn körperlich sehr schwere Arbeit, ich verdiene bisschen Geld für Kleidung und Essen für Cem.«

Ich konnte mir nicht vorstellen, betteln zu gehen. Früher hatten Mama und ich dem Mann, der bei uns auf der Einkaufsstraße saß, immer eine Geldmünze in den Becher geworfen. Er gehörte zwar irgendwie zu unserem Bummel dazu, aber trotzdem hatte ich nie über seine Herkunft nachgedacht.

Ob er Familie hatte? Ob er auch manchmal klauen ging? Ob er alkoholabhängig war oder Drogen nahm? Viele Obdachlose waren doch auf die schräge Bahn gekommen, oder? Ob er als Kind geschlagen wurde?

»Haben deine Eltern dich früher schon mal geschlagen?«

Ich schlug mit der Hand vor den Mund. Mir war meine direkte Frage unangenehm. Elvis sah mich tatsächlich entsetzt an.

»Meine Eltern waren gut zu mir. Verstanden?«

Dass er in der Vergangenheit sprach, versetzte mir einen Stich ins Herz. Ich hatte nie einen Vater gehabt, keinen menschlichen jedenfalls, und meine Mutter war schließlich noch da. Elvis hatte niemanden und intuitiv bemitleidete ich ihn. Langsam nahm ich ihn in den Arm.

»Danke für das Essen«, wisperte ich ihm ins Ohr. »Wie lange bist du schon ein Straßenkind?«

»Vor sechs Jahren wurde meine Mama krank und starb, weil es keine Medikamente gab. Mein Papa musste in unsere Heimat zurück und im Krieg das Land verteidigen. Ich ging mit ihm und kam ins Heim. Mit zehn Jahren bin ich dann abgehauen und auf die Straße. Die Menschen waren unglaublich böse. Ich war nicht in Sicherheit. Deshalb habe ich mich irgendwann auf einem Schiff nach Deutschland versteckt. Ich wollte ein besseres Leben haben.«

Böse Menschen? Ich hatte einmal ein Buch über die schlimmen Bedingungen in Heimen gelesen, aber sie aus meinem Leben stets verdrängt. Dass Elvis das alles erlebt hatte, tat mir mehr als leid.

»Wie alt bist du eigentlich?«, fragte ich.

»Fünfzehn. Und du?«

»Vierzehn.«

»Und Cem?.«

Elvis sah dem Hund in die Augen.

»Er ist ein ruhiges Tier und liebt die Anwesenheit von Menschen, die seinen Charakter akzeptieren. Solange er diese hat, ist er ein glücklicher Junge. Wenn man ihn jedoch zu lange alleine lässt, wird er krank. Seelisch krank, du verstehst?«

»Ich verstehe.«

Cem legte sich auf den Rücken und ließ sich von Elvis über den Bauch streichen. Er genoss es, einen Freund zu haben, das konnte man ganz deutlich sehen.

»Er ist wie ein Bruder für mich.« Elvis lächelte.

Sein Lächeln brachte Licht in das verdreckte Gesicht und seine Augen strahlten mit ihm. Mir war noch nicht aufgefallen, wie leuchtend seine Augen waren und wie hübsch die Grübchen, die sich nun zeigten. Als er aufstand und seinen Mantel erneut über meine Schultern legte, fragte ich, ob ihm nicht kalt sei. Er verneinte.

»Ich bin an die Kälte gewöhnt«, war seine Antwort.

An seinem Ellenbogen zog sich eine lange Narbe entlang.

»Was hast du denn da gemacht?«, fragte ich.

»Als ich mich heimlich aufs Schiff geschlichen habe, musste ich mich verstecken. Dabei bin ich in eine scharfe Kante gestolpert.«

»Oh«, sagte ich nur. »Wie spät ist es?« Elvis zog ein Medaillon aus seiner Brusttasche, in dem ein Foto und eine Uhr waren.

»Deine Eltern?« Die Frage war rein rhetorisch, denn es war ganz offensichtlich, dass es sich bei dem nett aussehenden Paar um seine Mutter und seinen Vater handelte.

»Halb sechs.«

Meine Mutter hatte mir vor Jahren eine ähnliche Halskette geschenkt, in die ich ein Foto von uns beiden hineingeklebt hatte. Die Öse der Kette hatte sich jedenfalls immer geöffnet und irgendwann hatte ich sie verloren.

»Kann ich heute bei dir schlafen?«, fragte ich.

Elvis nickte. »Natürlich.«

Wir setzten uns eng nebeneinander und legten die Decke über die Beine.

»Und du schläfst jede Nacht hier?.«

Er zuckte mit den Schultern. »Einmal im Jahr veranstaltet die Kirche eine Reise für Heimkinder. Unser Pastor drückt für mich oft ein Auge zu.«

Ich freute mich für ihn und war froh, dass es noch Menschen gab, die sich für andere einsetzten. Und vor allem auch, dass Elvis mitfahren durfte. Wieso er nicht in Deutschland in ein Heim für elternlose Kinder ging, war mir schleierhaft.

»Die Jahre auf der Straße machen unabhängig. Ich bin frei. Mir fehlt es hier an nichts. Außer natürlich mein Papa.«

»Du vermisst ihn schrecklich, oder?« Schon wieder musste ich nicht auf die Antwort warten, denn sie war offensichtlich. Ich vermisste viele Menschen und wusste, wie unerträglich der Schmerz der Sehnsucht war. Ich sehnte mich nicht nur nach Mama, sondern auch nach Jala und meinem Vater. Welcher

Kater sich hinter der Bezeichnung »Vater« versteckte, wusste ich nicht und ich fragte mich, ob ich ihn jemals sehen würde. Jede Nacht jagten Tausende von Katern auf der Suche nach einem Weibchen durch die Dunkelheit. Wie sollte man eines dieser Tiere nur ausfindig machen?

Elvis spielte mit einem Faden, der aus der Decke hing. Ob sein Vater noch lebte?

»Hast du denn schon mal ein Lebenszeichen von ihm bekommen?« Ich war mir nicht sicher, ob die Frage angemessen war, aber ich war zu neugierig, um meine Zunge zu zügeln. Anstatt, wie ich erwartet hatte, den Kopf zu schütteln, nickte er. Ich sah ihn fragend an.

»Er schickt mir jeden Abend einen Gutenachtstern.«

Machte einen die frische Luft so verrückt? Oder war es das ständige Alleinsein, das ihn dies erfinden ließ?

»Als er in den Krieg zog, versprach er , mir jeden Abend ein Zeichen zu geben, dass er noch lebte. Mein Vater hat nie ein Versprechen gebrochen und auch diesmal nicht gelogen. Wenn die Sonne untergegangen ist, dann leuchtet der Himmel eine Minute. Das ist Papas Stern für mich.«

Der Junge hatte Fantasie, das musste ich ihm lassen. Eine ganze Weile blieb ich einfach so sitzen und dachte über die Sache mit den Sternen nach. Ich zitterte, weil mir so kalt war. Als ich so müde war, dass ich die Augen nicht mehr aufhalten konnte, warf ich einen letzten Blick nach oben. Aus diesem Winkel konnte ich den Himmel sehen. Blinzelnd lag ich auf dem kalten Boden und tastete nach der Decke, plötzlich, kurz bevor ich einschlief, sah ich ein Leuchten. Später war ich mir nicht mehr sicher, aber in diesem Moment war ich überzeugt davon, dass es von einem Stern ausging.

Sechs Uhr morgens. Ob ich jemals wieder in die Schule gehen würde? Vor einiger Zeit wäre das meine letzte Sorge gewesen, aber während ich Elvis so zusammengerollt auf der Decke liegen sah, machte ich mir mit einem Mal Gedanken um die Zukunft. Ich überlegte, wie es weitergehen würde, mit Mama, Jala und mir. In diesem Augenblick dachte ich an sie. Meine Mutter, die Katze, die mich verloren hatte, bevor ich überhaupt da war.

Ich wollte wissen, wie sie lebte, was sie gerne mochte, wie sie aussah und wie der Klang ihrer Pfoten auf der Erde war. Es fühlte sich an wie ein Stoß in mein Herz. Ich wurde wach und dachte: Und das ist es gewesen? Du liegst mit einem traurigen Straßenjungen auf dem Boden in einem Tunnel und ernährst dich von geklauter Supermarktware. Es war wirklich nicht die Abenteuerlust.

Es war anders als bei Tom Sawyer. Es war die Liebe zu meiner verlorenen Mutter, die mich sie suchen lassen wollte. Ich stand auf und lehnte mich gegen die Mauern des Tunnels.

Mein Rücken schmerzte, denn ich hatte krumm geschlafen. Aber der Wunsch, Jala zu finden, war so groß, dass ich den Schmerz fast verdrängen konnte.

Mir war nicht klar, warum ich nicht vorher auf die Idee gekommen war, sie zu suchen. Vielleicht dachte ich zu kompliziert und die Lösung war einfacher.

Wenn Elvis mir helfen würde, konnten wir uns gemeinsam auf die Suche nach ihr machen. Wenn Jala mir glaubte, konnte sie mit mir kommen, mir helfen. Wenn sie meine Mutter war, hatte sie doch Interesse an meinem Leben.

Vielleicht dachte ich jedoch auch zu leicht. Wie konnte man eine kleine Katze finden, von der man nicht mehr als den Namen kannte? Ich stand auf. Jetzt erst sah ich, dass der Schnee geschmolzen war und man freie Sicht auf die Wiesen hatte. Die Luft war immer noch kalt, aber trotzdem etwas angenehmer.

Der Wind wehte mir um die Ohren und ich wollte, dass Elvis wach wurde, wollte mit ihm reden, ihm von meiner Idee erzählen, hören, was er von ihr hielt. Aber das leise Schnarchen verriet mir, dass er noch tief und fest schlief. Er sah so friedlich aus und ich legte mich neben ihn.

Auch wenn zwischen uns noch einige Zentimeter waren, glaubte ich einen Augenblick sein Herz klopfen zu hören. Als ich mich noch enger an ihn legte, bewegte er sich und legte seine Hand neben meine. Seine Finger waren schmutzig und wund und ich tippte, dass es an der schweren Arbeit am Hafen lag. Plötzlich schreckte ich zusammen. Er hatte die Augen geöffnet und schaute mich müde an. »Guten Morgen«, murmelte ich.

Er erwiderte die Worte und gähnte. Dann rekelte er sich und schüttelte seine Haare.

»Ist heute Samstag?«

Ich war mir nicht sicher, ob es eine Frage oder ein Ausruf war, deshalb antwortete ich verdattert, indem ich bejahte. Hastig sprang er auf und ließ die Decke fallen.

»Ich muss heute arbeiten um acht.«

Es dauerte einige Sekunden, bis ich verstanden hatte, dass er zu spät dran war.

»Los!« Ich faltete die Decke und stellte die Krüge ordentlich an den Rand. »Werden die Sachen hier nie geklaut?«

Elvis schüttelte den Kopf. »Wer will denn was mit dem Zeug?« Er lachte. Gemeinsam gingen wir nach oben.

»Wir müssen uns beeilen, wenn du noch pünktlich kommen möchtest.«

Damit ich den Weg nicht verfehlte, griff Elvis nach meiner Hand und zog mich hinter sich her. Ich hatte den Kopf zu Boden geneigt und den Schwanz unter dem Kleid versteckt. Niemand beachtete uns, aber ich wunderte mich, dass die Menschen hier um diese Uhrzeit schon so aktiv auf den Straßen waren. Der Asphalt war holperig und einmal wäre ich fast hingefallen, wenn Elvis mich nicht aufgefangen hätte. Die Temperatur war leicht angestiegen und ohne Schnee fiel mir das Laufen leichter. Elvis konnte seine Arbeit ebenfalls bei etwas weniger Kälte besser durchführen.

Wir kamen gerade noch rechtzeitig und ich setzte mich auf eine Bank vor dem Schiff. Etwas Schimmerndes lag auf dem Boden. Es handelte sich um das Medaillon von Elvis, er musste es verloren haben. Weil er sehr beschäftigt war, steckte ich es in meine Tasche und nahm mir vor, es ihm später wiederzugeben.

Während ich das Geschehen beobachtete, griff ich nach einem Stück Papier, das neben Bauplänen gelegen hatte.

»Designerin bestohlen!«, stand dort in großen Buchstaben. Es war keine Skizze eines Schiffes, wie ich anfangs erwartet hatte, es war eine Kopie eines Zeitungsberichtes, die ich in den Händen hielt. Unter der Überschrift war ein Bild. Es war Elvis - ein Phantombild. Im Fernsehen hatte ich schon einige solcher Bilder gesehen, damit fahndete man nach Verbrechern oder Zeugen. Erschrocken ließ ich das Blatt fallen. Um mir den Text darunter durchzulesen, hob ich es aber wieder auf und überflog die Zeilen.

»Roswitha von Stein, die berühmte Designerin, die sich für einige Zeit in unserer Stadt für eine Modenschau aufhält, wurde bestohlen. Die Polizei sucht nach Hinweisen, was den beschriebenen Jungen auf dem Bild angeht. Zeugen berichteten, dass der Verdächtige vom Tatort mithilfe einer unbekannten fliehen konnte. Auch nach diesem Mädchen wird gefahndet. Selbst wenn von Stein nur eine geringe Summe an Geld gestohlen wurde, liegt es der Polizei sehr am Herzen, den Täter zu finden. Falls Sie etwas gesehen haben, melden Sie dies bitte der örtlichen

Polizeistation. Jeder helfende Hinweis wird angemessen belohnt.«

Schockiert sah ich zu Elvis. Er lachte und hob eine Kiste, die er auf das Schiff tragen sollte. Ich musste ihn warnen. Gerade als ich aufspringen wollte, sah ich zwei Polizeibeamte vorsichtig auf ihn zugehen.

Es war zu spät. Wieso hatte ich nicht schneller reagiert? Wie sollte ich ihn schützen? Ehe ich einen Plan entwickeln konnte, hatten sie ihn am Kragen gepackt und abgeführt. Er sah mich, sah das Bild in der Zeitung. Als er an mir vorbeilief, schaute er mich fragend an. Ich zeigte ihm rasch den Artikel.

»Belohnung? Wieso hast du die Polizei gerufen?«

Was meinte er? Dachte er wirklich, ich ...? Den Gedanken wollte ich nicht zu Ende führen. Ich blickte zu Cem, der uns hinterhergetrottet war und sich neben mich setzte.

»Aber ...«, setzte ich an. Die Polizei näherte sich mir. Sollte ich Elvis helfen? War das jetzt die Situation, in der ich eingreifen musste?

Das Blut schoss mir in den Kopf. Nein, dachte ich. Ich musste verschwinden. Ich wusste verdammt noch mal nicht, was ich tun konnte. Man durfte mich hier nicht sehen. Ich drehte mich um und lief weg.

Nille

Ich hatte als Freundin versagt. Es war das 1001. Mal, dass ich anfing zu weinen. Wieso hatte ich ihn nicht verteidigt, weshalb meinen Mund nicht aufgemacht und gesagt, dass ich ihn nicht gemeldet hatte? Wieso war ich weggelaufen? Ich fragte mich, ob es nicht besser gewesen wäre, wenn man mich gesehen hätte. Dann hätte das Versteckspiel endlich ein Ende. Ich erinnerte mich an einen Film, in dem ein Mädchen sich sein ganzes Leben vor seinem Aussehen versteckte, bis es irgendwann anfing, sich selbst zu akzeptieren. In diesem Moment hatte sie sich in ein hübsches junges Mädchen verwandelt. Möglicherweise war dies der Punkt.

Ich musste vielleicht nur anfangen, mich zu mögen oder erst einmal zu akzeptieren. Aber das war zu schwer, wenn nicht sogar unmöglich. Ich hatte Angst vor mir selbst. Überall gingen die Lichter an und die Häuser wirkten wieder belebter. Ich musste weitergehen. Manchmal war es der bloße Zufall, der Menschen zusammenführte. Irgendwann würde ich Jala finden, selbst, wenn ich es in diesem Moment für unmöglich hielt.

Der Weg zog sich jedoch endlos hin und ich hatte das Gefühl, die ganze Zeit nur auf der Stelle zu treten. Ich dachte an das, was der Straßenfeger zu Momo gesagt hatte. Wenn man

Stück für Stück arbeitete, dann war man schneller am Ende der Straße, als man vorher gedacht hatte. Genauso machte ich es. Schritt für Schritt ging ich geradeaus. Ich zählte die Steine auf dem Boden und versuchte mich nie zu verzählen, aber es gelang mir nicht. Mir war schwindelig und schlecht. Das Gefühl, als Freundin versagt zu haben, machte mich mehr als unglücklich. Immer wieder warf ich einen Blick zurück.

Ich fror wieder und die Kälte kroch mir unter meine Tierhaut. Weil ich erschöpft war, schaute ich mich nach einem Ort um, an dem ich mich in Ruhe ausheulen konnte. Der beste Platz schien hinter einem Auto zu sein, das parkend am Rand der breiten Straße stand.

Fix und fertig lehnte ich mich gegen die Autotür und öffnete meine Tasche. Was ich darin fand, war eine Tafel Schokolade, ein Brötchen mit Käse und die Schatulle, in der mein Armband gelegen hatte. Da es anscheinend magnetisch war, hing Elvis' Medaillon noch daran. Ich löste die Gegenstände voneinander und betrachtete das schöne Kettchen. Wenigstens das könnte er in so einer Situation doch gut gebrauchen. Für einen Moment überlegte ich, das Wunscharmband zu benutzen und mir seine Freilassung zu wünschen. Aber etwas sagte mir, dass es noch zu früh war und dass ich es in Zukunft noch brauchen würde. Stattdessen biss ich in die kalte Schokolade hinein. Noch nie hatte ich zuvor einfach in eine Tafel hineingebissen, aber diesmal brauchte ich sie einfach. Schokolade sollte schließlich glücklich machen. Elvis' Eltern strahlten mich auf dem Foto des Medaillons an und ich musste zurücklächeln. Seine Mutter war eine dünne Frau mit braunen Löckchen, die sie auf dem Bild zusammengebunden hatte, sein Vater hingegen ein starker blondhaariger Mann mit muskulösem Körper. Er hatte Ähnlichkeit mit Elvis. Ich musste weinen, denn ich hatte keinen Freund gewonnen, sondern einen verloren. Fast drei Stunden blieb ich einfach so dort sitzen, während die Straßen immer belebter wurden. Schließlich war es 12 Uhr und aus den ersten Häusern kroch der Geruch von Mittagessen. Braten schien ein übliches Wochenendgericht in dieser Gegend zu sein. Mama machte auch manchmal welchen, dazu gab es Kartoffeln und Rotkohl. Ich beneidete die Kinder, die zuhause auf ihren Stühlen saßen und mit ihren Eltern das leckere Essen zu sich nehmen durften. Mein Leben war einmal ähnlich gewesen. Zwar ohne Vater, aber trotzdem waren Mama und ich eine eigene Familie. Und wir waren glücklich. Zum ersten Mal fragte ich mich, ob es nur Fassade gewesen war? *Schien* sie die ganze Zeit nur glücklich zu sein? Belastete sie diese Situation nicht schon seit meiner Geburt? Wieso hatte ich nichts gemerkt? Weshalb nur? Ich machte mir die größten Vorwürfe, obwohl ich wusste, dass das alles nichts bringen würde. Man konnte Dinge nicht ändern, die man in der Vergangenheit getan hatte. Das musste ich schon einige Male schmerzhaft feststellen. Wenn Mama mich so reden hören würde, dachte ich. Ich durfte im Leben nicht nur das Negative sehen ...

Hatte ich einen Grund zu klagen? Vor wenigen Wochen hätte ich diese Frage strikt verneinen müssen, aber nun zögerte ich. Auch wenn ich lebte, war alles momentan so kompliziert. Und ich war allein. Ob Elvis schon einmal über diese Frage nachgedacht hatte? Plötzlich musste ich nicht nur an ihn denken, sondern auch an Mamas Freundin, die in jungen Jahren gestorben war. Ich war mächtig stolz, dass Mama dieses Ereignis wachgerüttelt hatte. Allerdings konnte ich mir nicht vorstellen, dass sie einmal Drogen genommen hatte. Für mich war sie stets ein Vorbild gewesen.

Ordentlich, selbstsicher, ehrlich, stark und vor allem zuverlässig. Noch nie hatte sie mich im Stich gelassen. Und ich? Ich fühlte mich egoistisch, weil ich in der Not geflohen war. Ob sie anders gehandelt hätte? Ich verdrängte den Gedanken. Die Lust auf Schokolade war mir vergangen und ich packte die angebissene Tafel zurück in die Tasche. Wohin ich nun gehen sollte? Es war wesentlich angenehmer, ein konkretes Ziel zu haben. Schon als kleines Kind hatte ich, zum Bedauern meiner Mutter, Spaziergänge gehasst. Durch die Gegend zu laufen, ohne zu wissen, wohin, hielt ich für reine Zeitverschwendung. Ob rechts oder links, ob geradeaus oder zurück? Ich hatte keinen Plan. Was konnte man mir schon tun? Auf einmal hielt ich es für die beste Idee, zur Polizei zu gehen.

Vielleicht war alles nur halb so schlimm. Vielleicht würde ich akzeptiert leben können und hätte nach einigen Wochen meine Ruhe. Ich konnte Mamas Leben doch nicht wegen meiner eigenen Angst aufs Spiel setzen. Das konnte nicht mein Ernst sein.

Entschlossen stand ich auf und sah mich um. Nun hatte ich ein Ziel. Auf ging es zur Polizei.

***

Es scheiterte bereits an meiner Orientierung. Die Menschen schienen sich für einen Mittagsschlaf in ihren Betten verkrochen zu haben. Die ganze Stadt schlief.

Selbst die Tiere hatten sich davongeschlichen und ich fühlte mich immer einsamer. Es war so still, dass ich mein Herz schlagen hören konnte.

»Jala«, flüsterte ich auf einmal, weil dieses Wort für mich auf eine seltsame Weise magisch klang. Wie sie sich wohl gefühlt hatte, als man ihre Kinder einfach wegnahm? Jeden Tag verloren viele Frauen ihre ungeborenen Kinder durch Fehlgeburten, aber war dies nicht von Gott vorgesehen?

Selbst, wenn dies ohne Ausnahme schrecklich war, empfand ich es als anders. Jala wurden ihre Kinder böswillig weggenommen. Es war nicht gerecht, mit kleineren Lebewesen zu tun, was für einen selbst gut war. Und das Schreckliche war, dass es für Geld getan wurde.

Ich wollte wissen, wie mein Leben verlaufen wäre, hätte ich als Katze das Licht der Welt erblickt. Ob ich dann noch lange zu leben hätte oder vielleicht sogar schon tot wäre? Ob ich dann nun auch alleine wäre? Schließlich waren Katzen doch Einzelgänger. Sie wollten doch alleine sein. Ob ich dann glücklicher wäre?

Dieser Gedanke war mir unangenehm. Denn schließlich hätte ich so nie mit Mama zusammengelebt, sie nie kennengelernt, sie nie geliebt. Ich ahnte, wie Olivia, die junge Frau aus meinem Roman sich fühlen musste. Sie war von ihrem Liebsten getrennt wie ich von meiner Mutter. Welche Liebe wohl stärker war? War dies überhaupt die gleiche Art von Liebe? Ich schüttelte den Kopf.

Olivia liebte Thomas. Ich hatte Mama lieb. Das war etwas anderes, das man nicht vergleichen konnte. Außerdem existierte Olivia nicht, sie war die Figur eines erfundenen Buches.

SIE WAR NICHT REAL! ICH WAR REAL! Da konnte ich mal sehen, wie weit mich meine Einsamkeit trug. Ich verglich mich tatsächlich mit den Protagonisten einer Geschichte.

Wenn ich doch nur weiterlesen könnte. Das Buch lag wahrscheinlich noch auf meiner Matratze in Julias Zimmer und wartete darauf, gelesen zu werden.

Was Julia wohl gerade machte? Ob sie *Gossip Girl* guckte oder vielleicht hörte sie doch einen Musiktitel von *The Guys*? »If I get your heart. If you show me, who I AM «, sang ich meinen Lieblingssong.

Ich konnte längst nicht so gut singen wie Mama, aber ich tat es trotzdem gerne. Meine Stimme hallte durch die Straßen und ich dachte an Mamas Lied. Zum wiederholten Mal versuchte ich mich an den Text zu erinnern. Wenn es mir gelang, das Lied vollständig zu singen, würde ich mich vielleicht zurückverwandeln. Dann würde ich zur Polizei gehen können und Hirgli entlarven.

»Ich kann nicht glauben,
was mit mir geschieht.
Ich sehe in deinen Augen,
mit denen du mich umgibst:
Die Liebe, die das Leben hält.
Die Liebe zu seinem Kind, ist das, was eine Mutter am
Leben hält, wenn gar nichts mehr geht.
Mein Herz das schlägt für Dich.«

Aber weiter als bis zur Mitte kam ich nicht, als sei diese Stelle aus meinem Kopf gelöscht. So sehr ich mich bemühte, ich konnte mich nicht erinnern.

Ich war verzweifelt, blieb stehen und ließ den Kopf hängen. Die kühle Wintersonne warf ihr bleiches Licht auf mich. Rechts neben mir auf dem Zaun zeichnete sich ein Schatten ab, er war kleiner als der eines Menschen und bewegte sich von mir fort. Um meine Neugier zu befriedigen, folgte ich dem Unbekannten. War es ein Tier oder doch ein sehr kleiner Mensch? Schnell huschte ich hinterher.

Wer auch immer es war, er konnte schnell laufen, denn innerhalb weniger Sekunden hatte er sich viele Meter von mir entfernt und ich musste mich beeilen, um ihm nachzukommen. Plötzlich raschelte das Gras. Ich konnte es ganz klar hören und ich war mir sicher, dass der andere mich auch wahrgenommen hatte.

»Bleib stehen«, wollte ich erst rufen, aber ich überlegte, dass ich es, falls es ein Tier war, vielleicht verschrecken würde.

Damit hatte ich recht, denn als ich einmal fast stolperte, merkte ich, dass der Verfolgte sich noch mehr bemühte, schneller zu laufen. Trotzdem konnte ich ihm folgen. Meine Existenz als Katze hatte auch Vorteile.

Ehe ich weiter darüber nachdenken konnte, endete der Zaun und das Rascheln hörte auf. Ich blieb ganz still, versuchte ruhiger zu atmen und mich nicht zu bewegen. Dann zeigte er sich. Zuerst sah ich nur etwas Braunes, dann einen mageren Kopf und einen zierlichen braun- getigerten Körper. Es war ein Kater. Oder eine Katze? Nein. Intuitiv spürte ich, dass es ein Kater war. Starr vor Schreck sah er mich an.

Ich konnte mein Glück kaum fassen. Wir sahen uns nur an. Er musterte mich und versuchte sich davonzustehlen, aber ich reagierte schneller. Meine Panik, schon wieder jemanden zu verlieren, hatte mich dazu gebracht, nach dem Kater zu greifen. Er wehrte sich und fauchte, aber ich hatte keine Angst vor ihm.

»Lass mich herunter. Ich habe Angst vor dir«, schrie er und seltsamerweise wunderte es mich nicht, dass ich ihn verstehen konnte. Anscheinend hatte man mir die Sprache der Katzen als Fähigkeit in die Wiege gelegt.

»Hör doch auf. Bitte! Du brauchst keine Angst vor mir zu haben. Ich tu dir doch nichts«, sagte ich.

»Was willst du von mir?« Misstrauisch sah der Kater mich an.

»Ich muss mit dir reden.«

Jetzt war sein Blick voller Entsetzen.

»Du kannst mich verstehen?«, fragte er erstaunt.

Ich nickte. Ohne weiter nachzufragen, bat er mich, ihn auf den Boden zu setzen und versprach, nicht wegzulaufen. Ich vertraute ihm und setzte ihn ab. Ob er mir vertraute, wusste ich nicht. Aber mir reichte es für den Anfang, dass er bei mir war und die Stille ein Ende hatte. Mich beruhigte die Vorstellung, dass ich jemanden gefunden hatte, bei dem ich in der Lage war, mein Herz auszuschütteln, und der mich den Menschen nicht verraten würde. Er sah mich jedenfalls nur überrascht an.

»Willst du etwas essen?«

Er verneinte. Ich wunderte mich, aber überlegte weiter, wie ich ihn dazu bringen konnte, mir zuzuhören.

»Was willst du denn von mir?«, fragte er.

Ich zögerte. Was, wenn er mir sogar helfen würde, Jala zu finden, aber sie mich vergessen hatte? Der Kater wirkte so schwach, dass ich Angst hatte, er würde zusammenbrechen. Sein Fell war ohne Glanz und ich war mir sicher, dass er schon ziemlich alt war.

»Wie heißt du?«

Er wollte mir seinen Namen nicht verraten.

»Wie oft muss ich dir noch sagen, dass du mir vertrauen kannst?«

Der Kater grinste keck.

»Naives Kind! Man kann niemandem trauen! Menschen sind böse! Aber das kannst du nicht verstehen. Du gehörst schließlich dazu.«

Und ob ich ihn verstehen konnte.

»Die Tierfänger sind unterwegs. Sie verschonen niemanden und bringen uns in irgendwelche Versuchslabors. Am meisten sind sie auf Katzen aus, aber gelegentlich fangen sie auch Hunde.«

Pfui! Ich verabscheute solche Leute ebenfalls und konnte nicht verstehen, dass man Tiere für Kosmetikprodukte quälen musste. Meine damalige Nachbarin und ich hatten schon mit elf Jahren versucht, eigene Demos zu organisieren, in denen wir gegen Legebatterien, Gänsestopfleber und Versuchslabors vorgehen wollten. Wir fanden es grausam, was die Tiere durchmachen mussten. Irgendwann war ich einmal mit Mama im Restaurant gewesen und hatte die Speisekarte inspiziert. Verzweifelt musste ich feststellen, dass es weder normale Nudelgerichte noch Pizza gab, und fragte Mama, was eine Gänsestopfleber sei. Mama wusste es selber nicht so genau und deshalb hatte ich mich für ein Steak mit Kartoffeln entschieden. Erst zu Hause las ich im Internet, dass es eine qualvolle Mastmethode war. Den Gänsen wurde bei lebendigem Leibe fettiges Essen durch eine Stange hineingezwungen, damit die Lebern verfetteten und die Menschen etwas besonders Leckeres auf die Teller bekamen. Die Tiere mussten unglaubliche Schmerzen erleiden und ich las, dass die Gänse anfingen zu schreien, sobald sie die Stange wahrnahmen. Von dem Tag an hatte ich mir geschworen, niemals davon zu probieren, und Restaurants, die dieses Gericht anboten, zu meiden. Von einer Demo hatten uns unsere Eltern leider abgehalten.

»Seid ihr nicht noch etwas zu jung dafür? Ich meine, überlasst solche Aktionen doch lieber den Erwachsenen.«

»Aber wenn die nichts unternehmen?«

Danach war ich in mein Zimmer gegangen.

Ich sah den Kater an und wurde mit einem Schlag zurück in die Gegenwart geholt. »Ich kann dich verstehen und hätte auch große Angst, aber ich bin doch keiner von denen. Ich mag Tiere, denn ...« Ich brach ab, weil ich nicht wusste, ob es vorteilhaft war, ihn einzuweihen. Schließlich könnte er mich für eine Lügnerin halten und mein Aussehen für eine gute Verkleidung. Dann wäre meine Chance auf Vertrauen gleich Null. Also schwieg ich, was das Thema anging.

»Die Menschen sagen alle, dass sie Tiere lieben. Solange sie klein, kuschelig und süß sind, ist alles prima. Aber nachdem das mit ... als es mir schlecht ging und ich den Kopf hängenließ, da setzte meine Familie mich auf die Straße.«

»Was meinst du mit *das mit...?*«

Der Kater schüttelte den Kopf. »Ich will nicht darüber sprechen.«

Er tat mir leid. Um nicht allzu neugierig zu wirken, sagte ich nur »Okay.«

Wir sagten beide nichts mehr. Ich bückte mich, um ihn zu streicheln, aber er ging einen Schritt zurück. »Menschen nahmen mir mein Glück. Deshalb hasse ich sie.«

»Du redest von deiner Familie? Weil sie dich ins Tierheim brachten?«

Er schüttelte seinen kleinen braunen Kopf. »Davor geschah etwas viel Schlimmeres. Etwas, das mein Leben zerstört hat.«

Erschrocken fuhr ich zusammen. »Wie heißt du eigentlich?«, fragte ich und streckte ihm meinen kleinen Finger aus.

Er griff danach und lächelte. »Nille.«

Ich lächelte. »Schön dich kennenzulernen, Nille. Ich heiße Liz.«

»Wieso ist ein junges Mädchen wie du alleine auf den Weg durch ein so langweiliges Dorf wie dieses?«

Ob er mir glauben würde? Ich zuckte mit den Schultern.

»Unterhältst du dich oft mit alten Katern wie mir?«

Ich schüttelte den Kopf und schmunzelte. »Ehrlich gesagt ist es das erste Mal, dass ich mich so richtig mit einem Tier unterhalte. Bis vor Kurzen wusste ich nicht einmal, dass ich es kann. Und was machst du hier?«, fragte ich Nille.

»Ich lebe hier.«

»Auf der Straße?« Doofe Frage, dachte ich, ehe ich sie gestellt hatte. Wo sollte eine Straßenkatze denn sonst leben?

Nille nickte. »Ich habe hier in der Nähe jemanden verloren. Vor vielen Jahren.«

»Eine Katze?«

Er nickte wieder. »Ich warte darauf, dass ich sie wiedersehe.«

Ich musste lächeln. Er war verliebt. Am liebsten hätte ich ihm über das Fell gestrichen, aber ich hatte Angst, ihn damit zu vergraulen. »Ich suche auch jemandem«, sagte ich und biss mir auf die Unterlippe.

»Komm mit!« Er folgte mir zu einer schneebedeckten Wiese, die zu einem Vorgarten gehörte. Ich setzte mich auf die Mauer, die rund um das alte Haus daneben gebaut war.

Nille sprang neben mich und setzte sich hin. »Und? Wen suchst du?«

***

Die Sonne ging langsam unter und die Atmosphäre war wunderschön. Auf seine Frage hatte ich noch nicht geantwortet. Allerdings war ich neugierig, welche Katze er wohl suchte. Bei jedem Geräusch schreckte er zusammen, wahrscheinlich weil er sich vor den Katzenfängern so fürchtete. Ich legte meinen Arm um ihn, um ihm zu zeigen, dass ich ihn beschützen würde. Er schaute mich dankbar an. In meiner Gegenwart würde ihm niemand etwas tun.

»Bist du dir sicher, dass du nichts essen willst?.«

Ich reichte ihm ein Stück Käse von meinem Brot und er fraß ein bisschen davon. »Eigentlich lebe ich nicht vegetarisch.« Er schnurrte laut. »Aber die Mäuse scheinen in diesem Winter ein gutes Versteck gefunden zu haben. Es ist eine harte Zeit für Straßentiere wie mich.«

»Das glaube ich.«

»Wieso verstehst du mich eigentlich?«, fragte er plötzlich.

Da er die ganze Zeit nicht nachgehakt hatte, war ich sehr überrascht über die Frage und sah weg. Ich konnte nicht gut Lügen erfinden und in diesem Fall war es erst recht schwer. Jede

Antwort war unglaubwürdig, schon allein weil die Tatsache, dass ich ihn verstehen konnte, seltsam sein musste.

»Ich weiß es nicht«, sagte ich deshalb nur.

»Ich spüre, wenn jemand lügt.«

»Es ist so ... Du würdest mir sowieso nicht glauben.«

»Willst du es denn gar nicht erst versuchen?.«

Wollen? Doch! Ich WOLLTE es noch jemandem erzählen. Vor allem, endlich jemandem, der mir wirklich helfen konnte.

»Du kannst mich nicht reinlegen. Ich sehe doch, dass du anders bist« Er deutete auf meine Ohren, musterte meine Nase, meine Schnurhaare und meinen Schwanz. Ich war hin und her gerissen. Was hatte ich schon zu verlieren? Schließlich war ich bereits auf dem Weg zur Polizei gewesen.

»Du musst mir versprechen ...«

»... dass ich es nicht weitersage. Hast du schon überlegt, an wen? Deine Menschenfreunde könnten sowieso kein Wort verstehen.«

Ich schmunzelte. Wo er recht hatte, hatte er recht.

»Okay. Du hast angefangen mir zu glauben, dann erzähle ich dir von mir«, sagte ich zögernd. »Meine Mutter und ich wurden entführt. Anfangs wusste ich nicht wieso, aber die Dinge, die ich erfuhr, waren so merkwürdig, dass ich versuchte, einen Zusammenhang zu finden. Irgendwann erzählte mir meine Mutter von ihrer Vergangenheit. Meine Mutter war arm. Sehr arm. Sie wusste nicht, was sie tun sollte und vertraute den falschen Menschen ihren Körper an. Man brachte sie in ein Labor und pflanzte ihr Babys einer Katze ein. Sie war die einzige Überlebende und somit bin ich auch das einzige Katzenkind, das dieses Experiment überlebt hat. Mir gelang es zu fliehen, aber nun sind meine Entführer hinter mir her. Ich weiß, dass alles sehr unglaubwürdig klingt, aber es ist die Wahrheit.«

Ich rechnete mit so ziemlich allem.

Möglichkeit 1: Nille sah mich an, hielt mich für verrückt und ging.

Möglichkeit 2: Er war sauer, dass ich seine Zeit geklaut hatte und schimpfte.

Möglichkeit 3: Er hielt mich für eine gute Geschichtenerzählerin und lachte.

Doch es war anders. Er riss die Augen auf und rief: »Unsere Kinder sind tot?«

Ich verstand nicht, worauf er hinauswollte und sah ihn verwirrt an.

»Unsere?«

»Jalas und ...«

»Woher kennst du Jala?« Ich wartete gar nicht auf seine Antwort, sondern überfiel ihn mit vielen anderen Fragen.

»Wo ist sie?« Ich atmete schneller und schneller. »Wie geht es ihr?« Mein Herz klopfte. »Will sie mich wiedersehen?« Mein Puls raste.

»Liz?« Er kam dann doch zu Wort.

»Ja?«

»Ich möchte dir gerne etwas von mir erzählen.« Und er begann zu erzählen. »Es geschah vor fünfzehn Jahren. Ich war gerade drei Jahre alt und vor genau zwei Jahren bei einer netten Familie mit zwei Kindern eingezogen. Ich führte ein Leben wie ein Gott und bekam, was ich mir wünschte, jeden Tag frischen Fisch und Streicheleinheiten. Aber eines blieb mir vorenthalten. Ich durfte nicht raus. Die jüngste Tochter der Familie war jedoch ein ziemlicher Tollpatsch und ließ eines Tages die Tür zum Garten offen stehen. Ich sah meine Chance und ging hinaus. Dorthin, wo ich *sie* traf.«

»Sie?«

»Sie hatte schwarzes kurzes Fell, einen schlanken Körper und in der untergehenden Sonne funkelten ihre Augen wie die Sterne des Nachthimmels. Es war Liebe auf den ersten Blick. Die erste Nacht, die ich draußen verbrachte, war mit ihr. Anschließend war sie trächtig. Bald sollte sie sechs Kitten zur Welt bringen, doch sie wurde entführt.«

»Du redest von Jala, oder?«

Er nickte. Plötzlich wurde mir klar, was das bedeutete. Mein Herz schlug noch schneller und ich riss meine Augen ganz weit auf. »Erzähl weiter!«

»Sie tauchte erst drei Tage später wieder auf. Dünner als zuvor und der Glanz in ihren Augen war verschwunden. Man hatte ihr unsere Kinder genommen. Sie war am Boden zerstört. Ich konnte sie nicht mehr zum Lachen bringen und sie kehrte in sich. Nicht nur sie litt. Auch ich wusste nicht, was ich tun konnte, um sie wieder glücklich zu machen. Am Abend lag sie immer still neben mir und blickte traurig in die Dunkelheit. An jenem Morgen war sie dann weg. Ohne ein Wort. Ein anderer Kater verriet mir, dass sie sich ihm anvertraut hatte. Sie wollte mich nicht mehr sehen, ich erinnerte sie stets an die Verlorenen und sie gab sich die Schuld an dem Verlust. Ich gab nie auf, sie zu suchen, aber gefunden habe ich sie nie.«

Er war mein Vater. Nille war mein Vater. Ich hatte ihn gefunden.

Ich konnte nicht klar denken. Die Gefühle wirbelten durch meinen Verstand. Mir war die Situation sehr unangenehm und ich wusste nicht, was ich sagen sollte. Nille anscheinend auch nicht. Er sah verlegen zu Boden. Diesen Moment hatte ich mir seit Jahren gewünscht. Zwar war es in meiner Vorstellung irgendwie *menschlicher* gewesen, aber immerhin war Nille mein Vater.

»Und du suchst Jala ebenfalls?.«

Ich nickte nur.

»Deine Mutter ist in Gefahr. Diese Männer sind gefährlich. Hast du versucht, das Lied selber zu singen?«

»Mehrfach!«, bestätigte ich. »Aber ich habe es nur ein einziges Mal von ihr vorgesungen bekommen. Ich erinnere mich nicht mehr genug.«

Nille sah traurig aus. »Jala wäre bestimmt glücklich, wenn sie dich sehen könnte. Sie hatte sich so auf unsere Kinder gefreut.«

In die Arme nehmen wollte ich ihn, aber wie sollte man das bei einem Kater tun? Weil ich es nicht wusste, strich ich ihm nur vorsichtig über den Rücken.

»Ich werde sie finden. Sie muss mir helfen, Hirgli zu überführen.«

»Das wird sie. Dieser Mann gehört bestraft. Aber dazu müssen wir sie finden und das wird verdammt schwer werden. Seit damals ist kein Tag vergangen, an dem ich nicht nach ihr gesucht habe.« Nille schien zu überlegen. »Morgen früh fangen wir an. Wir durchsuchen alle Straßen, fragen alle Tiere, ob sie sie gesehen haben. Vergiss nicht, von nun an sind wir zu zweit.«

Ich bekam Gänsehaut. Aber er war einverstanden. Wir liefen gemeinsam zu einer Gartenlaube. »Frau Tram schließt nie ab. Ich darf nachts in ihrer Hütte schlafen, wenn ich möchte. Komm mit.«

Nille kuschelte sich auf einen Stuhl und ich ließ mich auf einer Bank nieder.

»Gute Nacht«, murmelte ich. In Gedanken setzte ich noch ein »Papa« hinzu.

Ich empfand dieses Wort als zauberhaft, denn es war das erste Mal, dass ich jemanden damit direkt ansprechen konnte.

»Gute Nacht, Liz. Ich bin froh, dich kennengelernt zu haben.«

Ich lächelte und für einen kurzen Augenblick war ich endlich wieder einmal zufrieden.

Ich schreckte auf. Der Mond hing verschlafen am Himmel und die Sterne sahen wie Marionetten aus, als ich aus einem mir bekannten Grund wach wurde. Ich konnte durch ein Sprossenfenster nach draußen schauen, ohne mich auch nur einen Zentimeter zu bewegen. Es war anders als in jener Nacht, in der der Fremde aufgetaucht war. Ich WUSSTE, warum ich nicht mehr schlafen konnte.

Schuld war der schreckliche Albtraum, der sich wieder in meinen Kopf gedrängt hatte. Noch nie war ein Traum mir so realistisch und zugleich so seltsam vorgekommen. Er wuchs mit meinen Erlebnissen, aber ich wusste nicht, warum. Das Ganze war mir unheimlich. Nun musste ich mich schon vor meinen Träumen fürchten. Das ging einfach zu weit. Nille schlief noch. Waren Katzen nicht nachtaktiv? Egal! Er schnurrte, als ich meinen Kopf eng an ihn legte. Lange Zeit lag ich einfach nur wach und dachte über die Sätze nach, die ich geträumt hatte. Gesungen! Ich hatte ein Lied gesungen. Dann war da eine Stimme gewesen. Sie hatte etwas zu mir gesagt, aber ich wusste nicht mehr, was genau, irgendetwas war mit einem Text. Ich musste genauer zuhören. Ich erinnerte mich wieder. Es war eine Warnung gewesen. Aber ich fand keine Erklärung dafür. Wie sollte ich gewarnt werden, wenn ich nicht wusste, wovor? Es war das Lied gewesen. In meinem Traum hatte ich den Text gekonnt. Allerdings war die Erinnerung auch daran mittlerweile verschwommen. Wenn ich mich nur wieder in die Situation des Träumens versetzen könnte.

Mein Herz, das schlägt für Dich. Das war der letzte Satz gewesen, an den ich mich noch erinnern konnte. *Jeder Tag ist für ein Lächeln von dir.*

»Bist du wach?« Ich flüsterte die Worte leise in Nilles Ohr. Er regte sich nicht, schnurrte aber lauter. »Schlaf einfach weiter. Wir reden dann später«, sagte ich, obwohl ich mir nicht sicher war, ob er überhaupt etwas wahrnahm. Ich drehte mich auf die Seite und legte den Kopf auf meine Hände. Das Holz war ohne Auflage sehr unbequem und ich musste mehrfach meine Lage ändern, damit ich eine einigermaßen erträgliche Stellung fand. Als ich diese gefunden hatte, schlief ich noch einmal ein.

Ein weiteres Mal träumte ich nicht mehr. Zum Glück?! Naja, es hätte mir vielleicht helfen können. Andererseits hatte ich Angst, dass wieder eine Ergänzung kam, die mich verwirren würde.

»Nille?«

»Ja?«

Ich zuckte zusammen, obwohl Nille eine sanfte und beruhigende Stimme hatte, und *ich* ihn schließlich angesprochen hatte. »Wollen wir sie suchen gehen?«

Er nickte. »Okay.«

Wir standen auf und öffneten die Tür der Gartenlaube. Nille gähnte und sah mich müde an. »Obwohl ich eigentlich noch eine Runde schlafen könnte.«

»Nix da«, warf ich ein.

»Hast du denn eine Idee?«

Nein, die hatte ich nicht.

Er schmunzelte. »Ich nämlich auch nicht.«

Trotzdem liefen wir ein Stück weiter. An der Straßenecke sahen wir uns fragend an. Rechts oder links? Sollten wir uns aufteilen? Dies hielt ich für eine schlechte Idee, denn falls die Straßen nicht wieder zusammenführten, hatten wir uns verloren.

»Was machen wir nun?«

Ich schlug vor, nach rechts zu gehen. Nille hörte auf mich. Wir riefen Jalas Namen, aber ich hielt es für sinnlos. »Und es war damals hier?«

»Hirgli hatte eine riesige Villa. Man nannte sie ›das Schloss‹. Er wurde nie irgendwo gesehen. Es hieß, dass er sich hinter seinen Arbeiten verkroch und ein toller Wissenschaftler, Erfinder und Chemiker sei, der mehrfach promoviert hatte. Gesehen habe ich ihn noch nie. Jala erzählte mir, dass er sie in ein großes Labor gebracht hat, hier ganz in der Nähei. Nachdem Sarah mit dir geflohen ist und er sein Geld verloren hat, muss er sich in der Ruine versteckt haben. Schließlich lebt er immer mit der Angst, angezeigt zu werden.«

So ganz verstand ich das nicht.

»Wenn er uns an die Presse verraten hätte, wäre das doch auch an die Polizei gegangen.«

Nille schüttelte den Kopf.

»Die Rede, von der du mir erzählt hast, war doch positiv für ihn. Man hätte ihn für einen genialen Forscher gehalten, der ein Wunder erschaffen hat. Der böse Mensch, dem außer Geld nichts im Kopf saß, wäre vergessen gewesen.«

Damit hatte er recht. Hirgli war schlau und er hatte die Sache lange geplant. Nichts würde ihn aufhalten. Ob die Idee überhaupt gut war, Jala zu suchen und sie um Hilfe zu bitten? Vielleicht wollte sie Mama überhaupt nicht helfen? Aber wenn sie wirklich so lieb war, wie Nille erzählt hatte ...? Unterhaltend gingen wir in strammen Zügen weiter.

Es war unglaublich. Ich lief tatsächlich neben meinem Vater, meinem echten Vater! Das Gefühl war für mich gigantisch. Andererseits hatte ich riesengroße Angst, auch ihn bald zu verlieren.

»Hast du meine Mutter schon mal gesehen?« Im gleichen Augenblick fiel mir ein, dass das gar nicht möglich war, weil er bei der Entführung nicht dabei gewesen war. Schließlich hatten Sarah und Mama sich danach nie mehr gesehen.

»Nein«, sagte er wie erwartet. »War sie gut zu dir?«

Ich nickte. »Sie ist die beste Mutter, die ich mir vorstellen kann. Du musst wissen, dass sie damals nichts dazu konnte.

Man hatte sie nicht gefragt. Sie hatten nur von einem besseren Leben geredet.«

Nille sagte nichts dazu. Ich konnte es nur schlecht ertragen, seine Abneigung gegenüber Mama zu spüren.

»Verstehst du das?«

Darauf bekam ich keine eindeutige Antwort. »Wollen wir nicht eine Pause machen?«

Eine Pause bedeutete Zeitverlust und Mama konnte nicht mehr warten. Wer wusste, wie lange sie noch standhielt. Ob sie schon gesungen hatte? Vielleicht wuchs in ihrem Bauch schon das nächste Tierkind, das in Gefahr geraten würde, wenn es alt genug für die Presse wäre. Nun, da ich verschwunden war, brauchte Hirgli doch Ersatz. Mir wurde klar, wie egoistisch mein Verschwinden gewesen war. Ein anderes *Kind* würde für mich leiden müssen.

»Habe ich eigentlich Geschwister?« Ich wurde rot und schaute verlegen weg.

Nille lächelte, als ich einen Blick wagte und ihn ansah. »Nein. Also wenn Jala keine mehr bekommen hat.«

Ihm war die Frage ebenso peinlich wie mir. Jedoch war ich erleichtert. Die Vorstellung, dass irgendwo in diesem Land viele kleine Katzen herumliefen, die in Wirklichkeit meine Geschwister waren, missfiel mir nämlich gewaltig.

»Wir müssen uns beeilen. Pausieren bringt nichts«, war meine etwas späte Antwort. Aber gegen einen kleinen Snack hatte ich dann doch nichts.

Also hielten wir an einem See. »Magst du lieber Fisch oder Maus?«

Ich musste würgen. Zwar wusste ich, dass mir der Geschmack des frischen Fisches vor wenigen Tagen gefallen hatte, trotzdem klang die Frage seltsam. Ich zögerte.

»Vielleicht mag ich die Pflanze doch etwas lieber.« Bei meiner

Auswahl handelte es sich um eine große frischaussehende Blume. Zwar waren Katzen Fleischfresser, aber meine Geschmackszellen hatten sich wohl anders entwickelt. Während Nille damit beschäftigt war, einen Fisch zu fangen, biss ich hungrig in die Blüte und ließ den zarten Geschmack auf der Zunge zergehen. Grübelnd setzte ich mich auf einen Stein und beobachtete die wenigen Vögel, die nicht in den Süden geflogen waren.

»Hast du einen?«

Nille nickte und kam zu mir. »Genug?«

Diesmal war ich es, die nickte. Wir gingen weiter.

»Es hat wirklich keinen Sinn. Wir müssen Katzen finden, die wir fragen können.«

Ich schlug vor, uns doch aufzuteilen. Dies schien mir die sinnvollste Lösung zu sein. Also ging ich nach rechts und Nille schlug den linken Weg ein.

Wir machten aus, uns nach zehn Minuten wieder am See zu treffen und möglichst viele Katzen zusammengerufen zu haben. Vorsichtig ging ich die ersten Schritte nach rechts. Ich musste leise sein, damit ich kein Tier verjagte. Denn jedes Tier, das ich verschrecken würde, war eins mehr, dass uns nicht helfen konnte. Nach zehn einsamen Minuten des Suchens hatte ich immer noch keine einzige Katze aufgefunden. Ich hoffte, dass es bei Nille anders war und kehrte um. Von Weitem hörte ich ein Rufen. Es war sein klägliches Maunzen, da war ich mir sicher. Sofort wusste ich, dass er es war.

»Was ist los?«, rief ich laut und rannte schnell zu der Wiese vor dem See.

»HILFE! LIZ!«

Ich rannte, so schnell ich konnte, aber das Stechen in meinem Bauch, das mich an meiner Kondition zweifeln ließ, minimierte mein Tempo immer wieder.

»Was ist los?«, wiederholte ich mich.

»Es ist passiert.« Seine Stimme kam immer näher, aber ich sah ihn nicht.

»NILLE?« Panisch steigerte ich meine Geschwindigkeit und lief auf einen dunklen Lieferwagen zu. »Halt, warten Sie.« Zwei Männer, ihre Mimiken waren unfreundlich, sprangen in den Wagen und hielten den laut schreienden Nille im Arm. »Bleiben Sie stehen! Das ist meine Katze!«

Sie ignorierten mein Rufen und ich war noch zu weit entfernt, um einzugreifen.

»NEIN!« Mein Schrei ging in dem Aufheulen des Motors unter.Ich konnte nur noch sehen, wie der Wagen die Straße entlangfuhr. Das Kennzeichen vermochte ich nicht zuerkennen, denn die Tränen ließen das Bild in meinen Augen verschwimmen. Seine Angst hatte sich bewahrheitet. Die gefürchteten Katzenfänger hatten ihn gefunden und waren wahrscheinlich auf dem Weg in ein Versuchslabor, in dem Kosmetikartikel, Medikamente oder sonstige Dinge getestet wurden.

»Ist irgendetwas passiert?« Es war Olivias Stimme.

»Geh fort«, schrie ich sie an.

»Wie soll ich denn gehen? Ich bin doch in deinem Kopf«, war ihre Antwort.

Erschrocken sah ich mich um. Sie musste recht haben.

»Warum kommst du?«, fragte ich.

»Ich bin doch dafür da, dass ich dir helfe. Bücher sollen Rat geben.«

Die Art und Weise der Hilfe hatte ich mir jedoch anders vorgestellt.

»Gehst du zu allen Menschen in der Not?«

Olivia lachte nur. »Glaubst du nicht, dann hätte ich sehr viel zu tun?« Schon wieder lachte sie. »Die Figuren aus Romanen kommen alle hinaus. Manche früher, manche später. Damit wir aber nicht zu viel zu tun haben, helfen uns auch oft die Bilder.«

Das verwirrte mich. »Was meinst du damit?«

»Kannst du dich denn nicht mehr erinnern? Es war, als du Angst und Sorgen hattest. Auch wenn du schon in meiner Geschichte gelesen hattest, bat ich jemanden anderes dir zu helfen.«

»Jemand anderes?« Ich überlegte.

»Mila. Die Geigenspielerin auf dem Bild in eurem Flur. War sie es nicht, die dir den Weg zu deiner Mutter zeigte?«

Ich nickte. »Aber wie willst du mir denn nun helfen?«

Diesmal hörte ich ein leises Stöhnen. »Ich kann dir deinen Vater nicht zurückholen. Und weder deine Katzen- noch deine Menschenmutter kann ich zu dir bringen, aber ich kann dir sagen, wie du handeln musst.«

Ich wischte mir die Tränen weg.

»Wie?« Hoffnungsvoll sah ich sie an.

»Du musst die Mittel benutzen, die du zur Verfügung hast.«

Ging es nicht ein bisschen genauer? Ich öffnete meine Tasche und holte die Dinge hervor, die ich darin verstaut hatte. Olivia schüttelte nur den Kopf.

»Manche Dinge kann man nicht anfassen, aber sie sind trotzdem da.«

»Was meinst du damit?«

»Ich kann dir nicht mehr sagen. Du musst alleine darauf kommen. Denke scharf nach. Du bist dem Ziel schon nah. Du darfst nur nicht aufgeben, Elizabeth.«

»Aber....«

Dann verschwand sie ebenso plötzlich, wie sie aufgetaucht war und ich war wieder einmal alleine.

Mein Lied

Ich saß auf einem Berg. Die Sonne ging unter und schon wieder war ein Tag zu Ende, der für mich gerade erst begonnen hatte. Ein Tag der Hoffnung, ein Tag, der meine Rettung hätte sein können. Meine Füße baumelten die Schlucht hinunter, ein paar Zentimeter nach vorne rutschen und ich würde hinabstürzen. Kurz überlegte ich, ob das nicht sogar gut gewesen wäre, aber dann hätte ich Mama im Stich gelassen.

»Kannst nicht glauben, dass jemand dich halten will. Wenn gar nichts mehr gelingt. Kannst nur hoffen, dass es diesen Jemand irgendwo doch gibt. Willst nur denken, dass alles ein Ende hat, dass alles gut wird.« Dieses Lied hatte ich immer für total sinnlos gehalten, aber meiner Mutter hatte es gefallen. Und in diesem Moment tat es das mir auch. Das Lied passte einfach zu meinen Gefühlen und ich hatte den Eindruck, dass man mir den Text aus dem Kopf gezogen hatte. Ich starrte den Berg hinunter. Wie ein Wolf, der in die Nacht jaulte, kam ich mir vor. Ein Wolf musste man sein. Unerschrocken, stark, gefährlich, schnell!

»Ich kann nicht glauben,

was mit mir geschieht.
Ich sehe in deine Augen,
mit denen du mich umgibst.«, murmelte ich leise.

Mit den Gedanken war ich ganz woanders.

»Die Liebe, die das Leben hält.
Die Liebe zu seinem Kind, ist das, was eine Mutter am Leben hält, wenn gar nichts mehr geht.«

Ich realisierte nicht, was ich tat. Mein Gesang kam aus dem Unterbewusstsein.

Mit meinen Fingern strich ich über meine nackten Beine. Sie waren ganz kalt und jedes Haar hatte sich aufgestellt. Das Echo gab meine Stimme mehrmals wieder und ich empfand den Augenblick als wunderschön. Wie toll es wäre, wenn Mama und ich ... ich brach ab.

Nicht schon wieder diese Gedanken! Ich musste aufhören, mir diese quälenden Dinge vorzustellen. Es brachte einfach nichts und ich fühlte mich nur schlechter.

Mein Herz, das schlägt für Dich.
Jeder Tag ist für ein Lächeln von dir.
Jede Stunde ist wie eine Umarmung von dir.
Von dir, von dir, von dir.

Ich stellte mir vor, wie Jala, Nille und Mama gleichzeitig das Lied für mich sangen. NILLE! Wieso hatten wir uns nur getrennt? Es war eine so schlechte Idee gewesen! Meine Stimme zitterte, ebenso wie meine Lippen, mein ganzer Körper war in Bewegung. Ich konnte nicht mehr aufhören zu singen. Es kam einfach aus mir heraus.

Olivia? Hatte sie mir meine Erinnerung an den Text geschenkt? Ich wusste es nicht. Das Einzige, was ich wusste, war, dass ich zu Jala wollte. Ich wühlte in meiner Tasche. Mit der einen Hand hielt ich mich an dem Gestein des Berges fest, mit der anderen umklammerte ich das Wunscharmband.

Mein Leben ist für dich!
Ein Geschenk an mein Kind,
entfalte es geschwind.

Ich fror nicht mehr. Die Sonne schien nur noch ein kleines Bisschen, aber ich hatte den Eindruck, dass die restlichen Strahlen nur auf mich fielen. Mein Herz schlug schneller und der Anblick der untergehenden Sonne war atemberaubend. Zu gerne hätte ich hier mit Nille gesessen und mit ihm über das Leben geredet. Einfach über die Zeit, die uns verloren gegangen war.

In letzter Zeit hatte ich genug Lebewesen verloren, die mir wichtig gewesen waren. Julia, Caro, Mama, Nille, Elvis ... alle hatten mir eine ganze Menge bedeutet. Ob ich sie bald wiedersehen würde? Nille bestimmt nicht. In den Labors ging es grausam zu und die Überlebenschancen für eine kleine schwache Katze waren minimal. Julia und Caro?! Wenn ich es schaffen würde, Mama zu retten, würde ich sie garantiert bald wiedersehen.

Ich stand auf und lief den kleinen Berg hinunter, mein Schatten fiel auf den Boden. Er war so riesig, dass ich Angst bekam. Als ich schneller lief, tat es mein Schatten mir nach. Er verfolgte mich! Die Panik stieg in mir auf. Als ich stolperte, stolperte er auch.

Ich vergaß, dass er mein Schatten war, und als ich aufschaute, starrte ich in die Dunkelheit. Davon hatte ich geträumt. Die Stimme hatte zu mir gesprochen, während ich vor meinem immer größer werdenden Schatten geflohen war.

Das versetzte mich in große Angst. Dann öffnete sich mein Mund wie automatisch und der ganze Text des wunderschönen Liedes kam aus mir heraus.

Es ist die Liebe, die uns hält.
Der Gesang, der durch die Lüfte schallt,
der dir zeigt, wer du sein kannst und wer du bist.

Wenn der Magieursprung erlischt,
dann bist du wieder für immer duuuuuuuuu.

Stille! Ich schaute die Katze einfach nur an. Sie saß dort, hatte mir den Rücken zugewandt und schluchzte.

Wenn man das Bild der traurigen Katze nicht kannte, hätte man sicherlich gedacht, dass es ein Kind war. Aber es war kein Kind. Es war Jala! Ich wusste es sofort. Wie sie dort saß, in den Himmel schaute und jammerte. Anscheinend hatten nicht nur Mütter einen sechsten Sinn für ihre Kinder, sondern auch andersherum. Zuerst wollte ich einfach nur zu ihr gehen, aber dann hatte ich Angst, dass sie nicht mehr so ruhig blieb und Panik bekam. Sie sollte sich nicht vor mir fürchten. Ich war doch ihr Kind! Wenn sie sich mich ganz anders vorgestellt hatte und enttäuscht war? Das wäre eine Katastrophe.

Als ich auf meine Hand schaute, sah ich, dass sie zitterte. Plötzlich drehte Jala sich erschrocken um. Mir war die Tasche umgekippt und die Sachen waren herausgefallen. Sie blickte mich an. Ich wusste nicht, was ich sagen sollte.

»Hallo«, sagte sie.

Ihre Stimme war leise.

»Jala.« Ich hatte einen Kloß im Hals.

Sie kam näher.

»Du musst Elizabeth sein«, sprach sie vorsichtig und setzte sich vor mich.

Ja, und du musst meine Mutter sein! Ich wollte, dass die Wörter hinauskamen, aber meine Stimme versagte.

Ja. Es war anders. Nille war beeindruckt gewesen. Er hatte sich gefreut mich wiederzusehen, mehr nicht.

»Du musst Elizabeth sein«, sagte sie noch einmal und näherte sich ein Stück.

»Ja, und du musst meine Mutter sein.« Ich fand meine Stimme wieder.

Jala nickte. Wir wussten nicht, was wir sagen sollten.

»Wie hast du mich gefunden?« Natürlich war das nicht die wichtigste Frage, aber etwas anderes fiel mir nicht ein.

»Dein Gesang hat mich hergeführt. Es war Sarahs Lied. Sie hat es für mich gesungen, nachdem man dich aus meinem Leib ...« Sie suchte nach dem passenden Verb. Das musste Olivia gemeint haben, als sie davon sprach, dass ich mich mit etwas retten würde, das man nicht anfassen konnte.

»Wahnsinn«, flüsterte ich. Es war einfach unglaublich. Jalas Fell glänzte, es war kurz und rabenschwarz, ihr Körper schlank, ziemlich sportlich und sie wirkte sehr elegant.

»Ich hätte nicht gedacht, dass ich dich jemals wiedersehen würde.«

»Das hätte ich auch nicht gedacht«, stimmte ich ihr zu.

»Wieso bist du nicht bei Sarah?« Sie sagte nicht Mutter, sondern nannte Sarah beim Vornamen. Allerdings hätte ich es ansonsten auch als unpassend empfunden.

»Mam ... Sie wurde von Hirgli entführt ... um zu singen.«

Jala sah mich ungläubig an. »Dieser Mistkerl. Er nimmt sich, was er will.«

Puhhh! Ich war erleichtert. Anscheinend war sie nicht sauer auf Mama. Das hätte mir gerade noch gefehlt.

»Hirgli möchte das Lied verkaufen. Wenn andere ein Tier-Menschenkind erzeugen, dann kriegen sie viel Geld, aber zum Überleben der Schwangerschaft braucht er den Text und die dazugehörige Melodie.«

»Er will noch mehr Halblinge erzeugen?« Jala schrie fast.

»Halb ... was?.«

»Halblinge. Du weißt nicht, was das ist?«

Ich schüttelte den Kopf.

»Das sind die Tiermenschen. Es gibt einige von ihnen, du bist nicht die Einzige. Nicht nur Hirgli hat das Experiment ausgeführt, schon früher wollten Menschen Aufsehen erregen oder gar mit Vierbeinern kommunizieren. Dafür haben sie Tiere und junge Frauen benutzt.«

Ich war ein Halbling. Das Wort klang aufregend.

»Und was hast du vor dagegen zu unternehmen?«

Nun kam mein großer Auftritt. Wenn ich ihn versaute, war alles vorbei.

»Wir müssen Sarah befreien, ehe Hirgli ein anderes Tier in ihr einpflanzt«, rief ich verzweifelt, und bei der Vorstellung an eine schreiende Raubkatze wurde mir ganz schlecht. Jala zweifelte an dem Plan, das merkte ich.

»Sarah befreien? Glaubst du nicht, dass du dir das etwas einfach vorstellst?«

Ich zögerte. Natürlich hatte sie recht, aber zugeben wollte ich das auf gar keinen Fall. Wenn ich glaubte, dass wir es schafften, konnte ich Jala vielleicht ebenfalls dazu bringen, mir Glauben zu schenken.

»Nein«, rief ich deshalb. »Du musst dich nur daran erinnern, wo das Haus ist, in dem man dich damals operiert hat.«

Jala schüttelte abrupt den Kopf. »Niemals! Ich werde mich diesem Ort nie mehr auch nur ansatzweise nähern.«

Das klang nicht gut. Aber würde sie ihre Meinung nicht ändern, wenn ich sie darum bitten würde? Sie war doch meine Mutter. Es konnte sie doch nicht völlig kalt lassen, mit anzusehen, was mit der Frau geschah, die mich aufgezogen hatte und die ... die ich liebte! NEIN! Sie war meine Mutter und sie würde mir helfen!

Deshalb sah ich sie entschlossen an und sagte: »Du musst.«

Sie muss!, hämmerte es in meinem Kopf. Jala muss!! Aber sie sah es anders.

»Liz, ich verstehe dich, aber bitte versuche doch, mich auch zu verstehen.«

»NEIN!«, schrie ich sie an und erschrak über die Macht meines Wortes. Sie zuckte zusammen und sprang einen Meter zurück.

»Man hat mir das genommen, was mir am meisten bedeutet hat: meine Familie. Sie haben mir nicht nur dich und deine Geschwister genommen, sondern auch Nille.«

Mein Puls raste. »Er liebt dich immer noch und wir können ihn wiedersehen.«

»Woher willst du das wissen? Ich habe ihn einfach verlassen. Ohne mit ihm zu reden.«

Einen Moment sah sie mich an und schwieg. Ich schwieg ebenfalls. Zu gern wäre ich für eine kurze Zeit wirklich wie siegewesen, klein, dünn, einfach wie eine Katze! Gerne hätte ich einmal neben ihr gesessen und mit ihr über uns geredet, aber außer dem Blut gab es nichts, was uns verband. Sie wusste genauso wenig von mir wie ich von ihr. Oder reichte es zu wissen, dass sie mich liebte? Tat sie das überhaupt noch? War in ihrem Blick wirklich Liebe oder nur die reine Faszination? Wenn sie mich wirklich lieben würde, würde sie mir nicht sofort ihre Hilfe anbieten?

»Ich habe ihn gesehen.« Ob ein Deal zwischen Mutter und Tochter sinnvoll war? Ich helfe dir, du hilfst mir?

»Wo? Wann? Wieso hast du ihn gehen lassen?« Sie überströmte mich mit Fragen.

»Die Fänger haben ihn. Zwei Männer haben ihn gefangen, um ihn wahrscheinlich zu den zig anderen Versuchstieren zu bringen.«

Jala sah mich entsetzt an. »Warum?«

Für jeden anderen war die Frage vielleicht zu unkonkret oder missverständlich, aber ich erkannte an ihrem Blick und der ganzen Stimmung, was sie wollte. Sie wollte wissen, warum ich ihn nicht festgehalten hatte?

»Wir wollten dich suchen und haben uns getrennt.«

Früher oder später musste ich es sowieso sagen. Ob sie mich für diese Tat hassen würde? Ging das überhaupt? Konnte man das eigene Kind hassen? Selbst wenn. Sie tat es nicht.

Stattdessen lief sie mir um die Beine und sprang mir schließlich auf den Schoß. Zu gern würde ich auf ihrem sitzen, dachte ich. Ich wollte nicht stärker sein als sie, sondern von ihr beschützt werden. So wie ich damals in der Dunkelheit von Mama beschützt wurde.

»Navac und Saba haben ihn also genommen und wir werden sie finden. Spätestens wenn sie mich wieder einmal holen wollen.«

»Navac und Saba?.«

»Zwillingsbrüder, Mitte fünfzig und gemeiner als gemein. Ihr Vater hat sie mit fünf ins Heim gebracht. Seit die beiden alt genug sind, ziehen sie hier durch die Gegend und fangen Tiere ein. Wenn du mich fragst, gehören die beiden in die Hölle.« Jalas Offenheit war enorm.

»Sind sie denn sehr gefährlich?«, fragte ich.

Jala zuckte mit den Schultern. »Sagen wir so: Wir sollten ihn schleunigst finden, denn ich weiß nicht, wie lange Nille den Experimenten standhält oder welchen er überhaupt ausgesetzt wird.«

Nille brauchte unsere Hilfe, genau wie Mama. Beide hatte ich gewissermaßen im Stich gelassen. Ich wurde immer trauriger. Aber auch wenn Jala kleiner, schwächer, dünner und verletzlicher war, konnte sie mich mit ihren Worten trösten, als ich wenige Sekunden später in Tränen ausbrach.

»Ich wollte das nicht«, schluchzte ich.

Sie fuhr mit ihrem weichen Kopf über meine Wange und fing die hinabströmenden Tränen auf.

»Alles ist gut. Wir finden Nille bestimmt und Sar ... deine Mama finden wir auch.«

So wie sie das Wort *Mama* ausgesprochen hatte, klang es, als würde sie mir wirklich helfen wollen.

Sie war meine Mutter. Ich konnte mich einfach noch nicht so recht an die Situation gewöhnen. Ich war die Tochter einer Katze und somit etwas ganz Besonderes. Schließlich war ich ein Halbling. Und das konnte mit niemand mehr nehmen, auch nicht Hirgli mit seiner Geldgier.

»Hast du die anderen Frauen damals auch gesehen?«

»Du meinst die Frauen, die meine anderen Kinder gebären wollten?«

Ich nickte.

Sie schüttelte den Kopf. »Deine Mutter war die einzige und die letzte. Hirgli nahm mir zuerst nur fünf weg, aber dann auch dich. Die anderen Frauen starben. Sie hatten Pech. Sie waren keine Nachtsängerinnen.«

Ich flüsterte das Wort so vorsichtig, als könnte es mir aus dem Mund fallen und kaputt gehen.

»Was genau sind Nachtsänger?« Oft genug hatte ich dieses Wort gehört. Es musste irgendetwas mit dem Gesang zu tun haben, aber was genau, war mir nicht klar.

»Es gibt nur wenige von ihnen. Sie kennen das Lied. Ich meine, sie tragen es in sich. Das Lied ist der Schlüssel zu den Kindern. Ohne die Melodie und den Text sterben die Kinder. HÖRST DU, LIZ? SIE STERBEN! Alle nacheinander. Hirgli verstand erst nach seiner Tat, dass das Lied allein die Halblinge und ihre Träger überleben lassen konnte.«

»Deshalb will er meine Mutter erpressen. Er möchte schließlich nicht nur, dass ich zu der Presse gehe, sondern, dass Mama singt.«

Jala lachte trocken.

»Dieser Idiot. Er wird es bestimmt nicht schaffen. Jede Nachtsängerin trägt das Gefühl in sich, das Geheimnis um den Text zu behalten. Sie wird nicht singen, solange du nicht bei ihr bist. Allerdings ...« Sie überlegte. »Wenn du da bist, wird sie vielleicht versuchen, dich zurück zu verwandeln, und singen. Das darf sie nicht. Wenn sie in der Gegenwart der Männer den Text preisgibt, wird es gefährlich. Gefährlicher, als du dir vorstellen kannst.«

Jala hatte recht. Ich durfte nicht zurückgehen. Wenn ich da war, würde Mama mich wieder beschützen wollen und singen.

»Erst Nille, dann Sarah«, sagte Jala. »Deiner Mutter werden sie nichts tun, da sie etwas von ihr haben wollen.«

»Hoffentlich! Wir müssen Nille jedoch möglichst schnell befreien.« Ich ertrug den Gedanken nicht, dass Nille ... Was, wenn er schon tot war? Vielleicht hatten sie ihn schrecklichen Experimenten ausgesetzt und sein alter Körper konnte nicht standhalten? Das war alles zum Schreien. Jala schüttelte den Kopf.

»Nein! Sie tun ihm nichts. Zuerst nehmen sie schließlich Tiere, die schon länger im Labor sind?!«

War das eine Frage oder eine Aussage? Ich glaube, Jala wusste dies selbst nicht so genau. »Aber, wie wollen wir ihn finden? WIE?« Hysterisch fuchtelte ich mit den Händen. Jala sah mich fragend an.

»Saba und Navac sind doch schon über alle Berge«, erklärte ich.

Da ich in ziellosem Herumlaufen schon eine Meisterin war, liefen wir eine Weile querfeldein in das Dorf zurück. Jala kannte dort eine große Lagerhalle, die vielleicht als Aufenthaltsort für die gefangenen Tiere diente. Wir fanden sie dann schließlich und blieben vorsichtig davor stehen.

»Ich gehe rein. Wenn mir etwas passiert, musst du Hilfe holen.« Ehe ich sie fragen konnte, wen, war sie durch die von mir geöffnete Tür gehuscht und ich blieb ratlos stehen.

»Warte«, wollte ich rufen, aber die Aufregung schnürte meine Kehle zu. Mein Herz polterte und ich bekam Magenschmerzen. Sie werden sie nicht kriegen, sagte ich zu mir selbst.

Als ich ein Fauchen hörte, merkte ich, wie mir übel wurde. Ich packte all meinen Mut zusammen und rannte schnell den Weg entlang, den Jala eingeschlagen hatte. Dabei rief ich hysterisch ihren Namen. »Wo bist du?« Meine Schritte wurden immer schneller und mein Atem immer schwächer. Ein Stechen in meiner Hüfte erinnerte mich daran, dass ich dringend etwas für meine Ausdauer tun musste. Verdammt, was hatte ich für Gedanken? Ich blieb stehen und orientierte mich. Links oder rechts? Oder doch geradeaus?

»JALA!!!« Ich brachte meine Beine in Bewegung und raste von der Angst gestärkt in die eigentliche Halle. Sie war riesig und an den Seiten standen Säulen, die dem Ganzen etwas Prachtvolles gaben. Bleib ruhig, dachte ich immer wieder. Ich bekam Herzrasen, Schwindel, ein Schwächegefühl und Atemnot.

»Liz?«

Erschrocken drehte ich mich um. Sie lebte. GOTT SEI DANK!

»Wir sind hier falsch!«

»Was ist passiert? Ich habe dein Fauchen hört?«, fragte ich.

Jala deutete auf eine große Löwenfigur, die neben einer Säule stand. »Habe einen Schreck bekommen«, erklärte sie.

Ich war einerseits sehr über ihr Wohlbefinden erleichtert, andererseits auch traurig, weil wir Nille nicht gefunden hatten.

»Wir dürfen keine Zeit verlieren. Wenn Nille nicht hier ist, ist er woanders und dieses Woanders müssen wir finden. Schnell!«

Wir verließen die Halle.

»Ich kenne noch ein Lager«, meinte Jala.

»Das ist doch zwecklos«, sagte ich verzweifelt.

»Wir dürfen nicht aufgeben.« Man merkte sehr, dass sie sich nichts sehnlicher wünschte, als ihren Liebsten wiederzusehen. Aber meiner Meinung nach machte das alles keinen Sinn. Während Nille um sein Leben bangte, vergeudeten wir hier wertvolle Zeit. Wir mussten systematischer vorgehen.

Die Falle

»Aber wenn ...« In meinem Kopf wuchs ein Plan. Ob er gut war, wusste ich nicht, aber er war einen Versuch wert.

»Aber wenn ...?« Jala sah mich fragend an.

»Eine Falle«, meinte ich.

»Bist du wahnsinnig?«

Ich schüttelte den Kopf. Meine Idee hatte Potenzial und ich war fest davon überzeugt, sie dafür begeistern zu können.

»Die Katzenfänger sind gierig. Sie wollen keine Zeit verlieren und möglichst viele Katzen fangen. Sie werden sich also keine Chance entgehen lassen.«

Sie verstand nicht ganz, worauf ich hinaus wollte.

»Du musst dich als Köder stellen«, sagte ich und beobachte ihre Reaktion.

Man konnte sehen, wie bei ihr der Groschen fiel. »Du meinst ...«

Ich nickte. »Allerdings.« Ich überlegte. »Wo suchen die Fänger wohl am ehesten?«

Aber diese Frage erhielt rasch eine Antwort, denn diesmal hatte Jala eine Idee.

***

Vor dem Tierheim war es leer. Das ärgerte mich eigentlich sehr, war aber für unseren Plan sinnvoll. Warum es mich ärgerte? Ich fand es ungerecht, dass es Tiere gab, die kein Zuhause fanden, während es an anderen Orten Menschen gab, die eigens Zuchttiere erzeugten.

Und warum es sinnvoll war? Ganz einfach! Welcher Ort war besser für die Fänger als das Tierheim? Hier wurden ziemlich oft Tiere ausgesetzt, weil die Menschen vermuteten, dass sie schnell gefunden wurden. Viele wollten nur das eine: Ihre Haustiere loswerden. Jedoch schämten sie sich, die Tiere abzugeben, und ließen sie vor der Tür laufen. Feige, dachte ich. Einfach nur feige!

»Ich laufe einfach ein bisschen hier herum und warte, bis der Wagen der zwei Banditen auftaucht. Dann werde ich mich fangen lassen und du läufst hinterher.«

Fangen lassen? Hinterherlaufen?

»Du vergisst, dass ich keine Supersprinterin bin«, warf ich ein.

»Keine Sportlerin, aber eine Katze.« Sie zwinkerte mir zu.

Halbkatze, wollte ich einwerfen, aber stattdessen sagte ich: »Und was ist, wenn ich dich verliere? Stell dir einmal vor, der Wagen ist schneller?!«

Jala deutete auf das Schild, das Tempo 30 vorgab. »Sie werden sich schon dran halten. Schließlich wollen sie nicht auffallen.«

Ich nickte.

»Wollen wir?.«

Ich zögerte. Ich durfte sie unter gar keinen Umständen verlieren. »Können wir sie nicht beobachten und warten, bis sie ein anderes Tier fangen und es in das Lager bringen?«

Jala schüttelte ihr kleines Köpfchen und sagte: »Du hast doch selbst gesagt, dass wir keine Zeit verlieren dürfen.«

Ich nickte. »Pass auf dich auf«, flüsterte ich und sah zu, wie sie auf die andere Straßenseite lief. Ich drückte so fest die Daumen, dass die Knöchel weiß hervortraten.

»Stopp«, wollte ich rufen, aber aus meinem Hals drang kein Laut. Ich musste akzeptieren, dass sie die Chance nutzen wollte. Schließlich gab es keinen, der ihre Gefühle besser nachvollziehen konnte als ich. Papa. Noch ein einziges Mal wollte ich das Wort aussprechen. Einmal wollte ich noch über sein Fell gehen und einmal wollte ich noch sein leises Maunzen hören. Schnell huschte ich hinter einen Baum und seufzte. Hoffentlich stellte Jala es geschickt an. Ich hörte Rauschen in meinen Ohren. Einige Sekunden versuchte ich meine Gedanken abzustellen, um meine Angst zu vergessen, aber es schien nahezu unmöglich. *Unmöglich* war ein schreckliches Wort. Ich beobachtete, wie Jala sich auf den Bürgersteig setzte, die Augen schloss und mit der Zunge über das Fell strich. Plötzlich wünschte ich mir, genauso von ihr geleckt zu werden, so wie es eine Tiermutter mit ihren Babys machte, weil sie sie liebte. Ich wollte zu ihr rennen, aber dann wäre unser Plan im Eimer. Im Tierheim ging ein Licht an. Eine Frau stand vor einem Käfig, so viel konnte ich erkennen. Welches Tier sich jedoch darin befand, wusste ich nicht. Dazu war die Entfernung zu groß und das Licht zu schwach. Als das Licht wieder ausging, schienen nur noch die Straßenlaternen. Ringsum war es stockdunkel.

Ich konnte kaum noch etwas sehen, nur Jalas Schatten war zu erkennen. Meine innere Uhr sagte mir, dass es ungefähr acht war und ich dachte an früher, als Mama und ich um diese Zeit immer *Tagesschau* geguckt hatten. Was Mama wohl gerade tat? Hatten sie ihr wohl Leid zugefügt? Mein Herz klopfte.

»Beeil dich«, hauchte ich Jala zu, obwohl ich natürlich wusste, dass sie mich nicht hören konnte.

Dann vernahm ich Motorengeräusche. Autolichter erhellten die Straße und ich hielt den Atem an. Es war grausam mitanzusehen, wie Jala unter einem Netz verschwand. Jetzt ging es um Leben und Tod, das wusste ich. »Lauf«, hörte ich mich selber rufen. Mein Herz stolperte und ich fiel über einen Ast. Jede Sekunde war wertvoll. Ich war unsicher auf den Beinen, aber in einem hatte Jala recht, meine Beine trugen mich schnell, so schnell wie die einer Katze. Wie die einer Katze, die enorm Angst hat. Auch der Wille ließ mich rennen. Meine Gedanken fuhren Achterbahn.

»Ich krieg euch, ihr Mistkerle«, fauchte ich.

Geschätzte fünf Minuten später fuhr der Wagen in eine Seitenstraße hinein. Ich verlangsamte, als auch der Wagen stoppte. Es war eindeutig kein Lager, vor dem ich stand. Nur ein Haus. Ein altes, renovierungsbedürftiges Haus. Das sollte Nilles Aufenthaltsort sein?

Die Tür des Autos wurde aufgeschoben und einer der Zwillinge hob eine Kiste heraus. Sofort wusste ich, wessen Nase man durch ein Luftloch sehen konnte.

Es war Jalas. Ich stürmte auf den überraschten Mann zu. Dieser geriet panisch ins Schwanken und ließ den Karton fallen. Das war meine Gelegenheit. Ich griff danach und machte auf der Stelle, dass ich wegkam.

Hinter einem Schuppen blieb ich stehen, stellte die Kiste ab und riss sie auf. In meinem Kopf funkelten Sterne. Ich war definitiv zu schnell gerannt. Erst einige Sekunden später sah ich Jala, sie war immer noch in das Netz gehüllt. Ich befreite sie rasch und klärte sie über das Haus auf. Sie bat mich, ein paar Minuten draußen zu warten, und ich war einverstanden. Mein Gefühl sagte mir, dass sie zuerst einmal mit ihm alleine sein wollte. Das akzeptierte ich und sah zu, wie sie kraftvoll auf das Schuppendach sprang, um durch das geöffnete Fenster ins Haus eindringen zu können. Ich konnte mir wirklich nur schlecht vorstellen, dass dies das Versteck der gefürchteten Katzenfänger sein sollte. Aber wo sonst wollten sie Jala hinbringen?

Streitend (»Wieso hast du nicht aufgepasst?«, »Du solltest doch schauen, dass das Vieh nicht abhaut!«) schlossen sie die Haustür auf und gingen hinein.

Ich war allein und aufgeregt. Gleich würde ich Nille wiedersehen, dann waren wir eine Art Familie. Mama und ich waren immer glücklich zusammen, aber sie konnte einen fehlenden Vater einfach nicht ersetzen. Auch wenn Nille nicht ein typischer Papa für mich war, fand ich es schön, bald zu dritt zu sein. Ich wartete eine Weile. Es begann wieder zu schneien und ich stellte mich unter das Dach. Mir war so kalt. Als Jala nach zehn Minuten nicht zurückkehrte, bekam ich fürchterliche Angst. Ich machte mir Sorgen und begann sogar, mir Vorwürfe zu machen. Wieso war ich nicht mitgegangen? Privatsphäre hin oder her ... Jala war in Gefahr! Mein Verstand sagte mir, dass es die beste Idee sei, ihr zu folgen. Schnell kletterte ich auf das Dach, schürfte mir mein Knie auf, aber kämpfte gegen das Pochen in meinem Bein. Tierblut, fuhr es mir durch den Kopf. Ein Schauer lief mir über den Rücken. Mit dem Schwanz verfing ich mich in einer Rille.

»Hilfe«, hauchte ich und jammerte heftig, während ich versuchte, durch das Fenster zu klettern.

»Psst«, ermahnte ich mich selbst, denn das Geräusch, das meine Füße bei jeder Berührung des Bodens hinterließen, war nicht gerade leise.

»Jala?« Ich flüsterte ihren Namen und sah mich in der Dunkelheit um.

»Verdammt, Jala, wo bist du nur?«

Sie blieb mir eine Antwort schuldig. Stattdessen lief mir das Blut am Bein entlang und ich wischte mit meinem Kleid darüber. Bloß keine Spuren hinterlassen! Was wusste ich, wie gut die Banditen sich mit solchen Sachen auskannten ...

Die Tür knarrte, als ich sie langsam aufschob und mir Eintritt in einen anderen Raum verschaffte. Dieser war nur schwach erleuchtet und mein Herz klopfte schneller denn je.

»Hallo?« Die Gestalt, die vor einer Liege saß, rührte sich nicht. Als ich näher herantrat, erkannte ich, dass es eine Katze war. Ich fühlte mich sofort sicherer und sprach mit leicht erhobenen Stimme: »Wer bist du?«

Diesmal zuckte das Tier zusammen und schüttelte den kleinen Kopf. Ich wusste plötzlich, wem dieser dünne Körper gehörte. Jala, die sonst so dynamisch ausschaute, hockte zusammengefallen und energielos vor mir.

»Ich hasse Menschen«, presste sie hervor. Das konnte nichts Gutes bedeuten.

»Was meinst du?«, fragte ich panisch.

Sie machte mir Platz und ich sah Nille vor mir liegen. Er war tot.

Tot. Tot. Tot. Tot. Das Wort dröhnte in meinem Kopf.

Tot. Tot. Tot. Tot. Es wollte nicht mehr verschwinden.

Tot. Tot. Tot. Tot. Ich konnte es nicht glauben.

Tot. Tot. Tot. Tot. Denn ich wollte es nicht.

***

Jala war ruhiger geworden. Sie saß auf meinem Schoß. Ich hatte mich auf eine Mauer gesetzt und atmete die frische Luft ein. In mir war Verlangen danach, so, als ob ich ersticken würde, wenn ich drinnen war.

Ich wollte draußen sein, den Sauerstoff einatmen und die Natur riechen. Alles roch anders als sonst. Kein Benzin, keine Menschen! Ich roch Wald, Wiese, Tiere. Aber ich roch auch die

Trauer, die durch Jala und mein Herz kroch. Sie hatte recht. Es gab mehr als einen Grund, Menschen zu hassen.

Sanft strich ich ihr über das Fell. Ich wollte nicht, dass sie unglücklich war, sie hatte das nicht verdient. So lange hatte sie sich nach Nille gesehnt und nun war er tot, getötet von geldgierigen Menschen. Bei dem Wort »geldgierig« musste ich sofort an Hirgli denken. An seine Worte: Die Welt ist böse! Wie dieser Satz doch stimmte!

Jala legte ihren Kopf auf meine Schulter und schnurrte. Es war kein Schnurren vor Freude, es sagte: Danke, dass du bei mir bist. Plötzlich drang der Anfang des Nachtsängerliedes aus meinem Mund.

»Ich kann nicht glauben,
was mit mir geschieht.
Ich sehe in deinen Augen,
mit denen du mich umgibst.
Die Liebe, die das Leben hält.«

Sie sah auf und lächelte. Wenn ich es nicht besser gewusst hätte, hätte ich gemeint, sie weinen zu sehen.

»Deine Stimme ist wunderschön«, sprach sie. Ich sagte darauf nichts.

»Nille hätte nicht gewollt, dass du an ihm kaputt gehst.« Ich wusste, dass ich mit meinen Worten recht hatte.

»Wenn ich sie finde, bringe ich sie um.« Wie viel Wut in ihrer Drohung steckte, konnte ich ihren Augen ablesen. Sie funkelten in der Dunkelheit und ich zuckte zusammen.

»Bleib ruhig. Wir müssen klar denken!«, flüsterte ich und merkte, wie mir die Tränen herunterkullerten.

Tief in der Nacht wurde ich wach. Es waren wieder diese Geräusche, panisch drehte ich meinen Kopf zu Jala. Sie schlief fest. Sollte ich sie wecken? Wir hatten noch ewig über Nille geredet und ich hatte sehr geweint. Es tat einfach nur weh, Familienmitglieder zu verlieren. Aber das Geräusch ließ die Trauer in mir erfrieren und es machte sich eine gewaltige Angst breit. Waren es Navac und sein Bruder, die nach Jala suchten? Nein! Es gab Tausende streunender Katzen, da kam es auf die eine entkommene schon nicht an. Plötzlich fürchtete ich, dass es Obermann, Hirgli und Tragisch sein könnten, die mir auf die Schliche gekommen waren. Obwohl ich es für unwahrscheinlich hielt, dass uns jemand gefunden hatte, setzte ich mich zusammengekauert auf den Waldboden. 1, 2, 3. Ich zählte die Schritte, die sich näherten. Es war eindeutig ein Mensch.

»Hallo?«, wisperte ich. Niemand antwortete. »Hallooo?«, wiederholte ich.

Auch wenn ich Angst vor der Antwort hatte, verunsicherte mich die Stille.

»Wer ist da?«, kam es plötzlich zurück. Es war eine männliche, freundliche und mir sehr wohl bekannte Stimme. ELVIS! Wie hatte er mich gefunden? Diese Frage stellte ich laut, als er vor mir stand. Elvis grinste nur frech.

»Hast du etwa geglaubt, ich lasse dich alleine deine Mutter suchen?« Er lächelte mich glücklich an. Ich fiel ihm um den Hals und hatte wieder das Gefühl der Vertrautheit.

»Die Frau mit diesem blöden Hund hatte mich angezeigt. Es tut mir so leid, dass ich geglaubt habe, du hättest ...«

Ich deutete ihm an, leise zu sein. »Jetzt ist ja alles gut.«

»Wer ist das?« Er deutete auf die zusammengerollte Jala.

Ich zuckte zusammen. »Das ... sie ist meine Mutter.«

Elvis staunte natürlich nicht schlecht.

»Du hattest also tatsächlich recht?!«

Ich hatte keine Ahnung, ob er das als Frage oder als Aussage gemeint hatte, aber ich nahm es einfach als Ausdruck des Staunens.

»Wie hast du mich denn gefunden?«, wiederholte ich noch einmal.

»Ich habe Cem aus dem Tierheim geholt und dich gesehen.«

Was für ein glücklicher Zufall, stellte ich fest. Seltsam, dass ich ihn dort nicht gesehen hatte. Ich warf einen Blick auf Cem, der mich freundlich ansah. Er hatte sich anscheinend an den Anblick einer Katze gewöhnt.

»Wieso bist du wieder frei?« Diese Frage interessierte mich sehr.

»Die Polizei hat mir noch eine Chance gegeben.«

»Da haben wir ja viel Glück gehabt. Ich freue mich nämlich wahnsinnig, dich wiederzusehen und würde dir bei dieser Gelegenheit auch gerne Jala vorstellen.«

»Es ist mir eine Ehre.« Er verbeugte sich gespielt vornehm und hockte sich neben Jala. Diese wurde davon wach und sah in das Gesicht des Straßenjungen.

»Jala, das ist Elvis. Er ist ein Freund von mir und hat mir in der Anfangsphase als Straßenkind zur Seite gestanden.«

Wieder verbeugte er sich. Jala setzte sich auf und reichte ihm die Pfote, welche Elvis höflich entgegennahm.

»Hallo«, sagte Jala.

Elvis reagierte nicht. »Was sagt sie?«

Ich sah ihn verwirrt an, dann verstand ich. Natürlich konnte Elvis Jala nicht verstehen. Schließlich war Elvis aus menschlichem Blut.

»Sie hat dich begrüßt«, erklärte ich.

»Schön, Sie kennenzulernen«, setzte Elvis an.

Jala lachte. Sie konnte hingegen jedes seiner Worte verstehen. »Du kannst deinem Freund ruhig anbieten, mich zu duzen. Wir Tiere sind da viel lockerer.«

Dann begann ich zwischen den beiden hin und her zu dolmetschen. Elvis wollte viel über Jala wissen. Wie ist es ein

Tier zu sein? Wie genau ist das damals passiert? Was hast du die ganzen Jahre alleine gemacht? Wieso bist du nicht nachtaktiv, sondern schläfst um diese Uhrzeit? Bei der letzten Frage war meine Neugier geweckt.

»Wir haben momentan eine anstrengende Zeit. Liz und ich ... wir brauchen uns sehr. Da kann ich doch nicht schlafen, während sie alles in die Hand nimmt.«

Das leuchtete mir ein. Jedoch war ich nach dieser Fragerei sehr müde und schlief wieder ein.

Das magische Armband

Während wir die Beeren und Pilze aßen, die Elvis gesammelt hatte, liefen wir aus dem Wald hinaus. Es war so kalt, dass ich immer noch fürchtete, mein Herz würde einfach stehenbleiben. Ich erinnerte mich an den Weg zur Ruine, als wäre es der gestrige Tag gewesen, an dem ich die Strecke zurückgelegt hatte.

Jala und ich hatten den Schmerz wegen Nilles Tod noch nicht überwunden, aber die Vorstellung, bald hoffentlich wieder bei Mama zu sein, schenkte zumindest mir Trost. Wir entfernten uns Stück für Stück von dem Wald und Stunden später kamen mir die Häuser bereits bekannt vor.

Die Weihnachtsdekoration, die auch schon das erste Mal an der Tür gehangen hatte, ließ meine Erinnerung an jene Zeit wiederkommen.

Ich bemerkte, dass ich einen Großteil der Zeit im Kreis gelaufen und der eigentliche Weg zur Ruine gar nicht so unglaublich lang war, wie ich auf dem Hinweg gedacht hatte. Mit jedem Schritt, den ich machte, wurde meine Sorge um den Zustand meiner Mutter größer. Was, wenn sie schwanger war oder sogar tot?

Mir wurde ganz schwindlig bei diesem Gedanken und trotz der Kälte brach mir der Schweiß aus. Wir hielten für ein paar Minuten an und schöpften aus einem Brunnen das kalte Wasser.

»Ich bin so schrecklich aufgeregt«, sagte ich und spürte, wie meine Beine zitterten.

»Wir bleiben die ganze Zeit zusammen«, versprach Jala, und auch wenn sie nur eine kleine Katze war, gab mir dies das Gefühl von Sicherheit.

In den meisten Häusern trällerten helle Kinderstimmen Weihnachtslieder und ich bekam eine Gänsehaut. Ach, wäre es toll, jetzt im warmen Haus zu sitzen, ein festliches Kleid zu tragen und Glück zu empfinden! Aber nichts dergleichen konnte ich. Wir mussten jedoch noch ein Stück gehen, doch bald würden wir da sein, ich konnte Mama förmlich riechen.

***

Wir waren da! Die Ruine kam mir größer vor und abweisend. Der Wind blies stark und wir gingen näher.

»Bitte«, flüsterte ich. Elvis legte mir eine Hand auf die Schulter.

»Wir könnten versuchen, sie herauszurufen. Wenn einer herauskommt, schlagen wir einen Deal vor. Wir bekommen deine Mutter und sie ...« Er brach ab.

»Ja eben. Wir können ihnen nichts geben«, sagte ich.

Jala stimmte mir zu. »Nein, außer dich wollen sie nichts von uns. Also müssen wir sie austricksen.«

Ich spitzte meine Katzenohren. »WIE denn?«, fragte ich verzweifelt.

Jala schien zu überlegen, denn sie setzte sich nachdenklich auf den feuchten Boden und leckte sich die Pfoten.

»Wir geben vor, einen Tausch mit ihnen zu machen. Sie bekommen dich, wenn sie sich in ein, zwei Stunden mit uns am Abgrund treffen«, schlug Jala vor. »Dann ergibt sich vielleicht eine Möglichkeit, und wenn nicht, dann haben wir alles versucht.«

Na super, dachte ich. Alles versucht? War das wirklich ALLES?

»Welcher Abgrund?«, fragte ich.

»Man spricht von der Schlucht des Bösen«, wisperte Jala. »Es ist mehr als ein Gerücht, denn schon oft wurden dort die Leichen von gesuchten Verbrechern gefunden.« Jala erzählte, dass der Abgrund zwischen zwei Wiesen klaffte und das Böse, den Erzählungen nach, magisch anzog. Sie war begeistert und bezeichnete den Ort als *idealen Treffpunkt*.

»Ich finde die Idee gut«, meinte Elvis und ich gab mich zufrieden. Die nächste Frage war nur, wie wir Hirgli die Nachricht mit der Aufforderung zu einem Treffen übermitteln sollten. Ich öffnete meine Tasche und sah hinein. Meine Hände durchwühlten sie nach etwas Brauchbarem, obwohl ich keinen Plan hatte, was ich meinte. Mein Blick fiel auf mein Armband. Ich hatte es die ganze Zeit nicht mehr richtig beachtet. War es jetzt an der Reihe seine Wirkung zu entfalten? Jala und Elvis waren begeistert, als ich ihnen von meiner Idee erzählte. Mir war mulmig zumute. Ich hatte es die ganze Zeit mitherumgetragen, es in den schwierigsten Situationen aufgehoben, um es nun zu benutzen.

Ob es wirklich funktionierte? Man las schließlich nahezu täglich über Hochstapler, deren Lebenssinn anscheinend darin bestand, andere Menschen anzulügen.

Ich durfte also nicht zu viel Hoffnung hineinstecken, zumal ich gehört hatte, dass Magie etwas sei, das man sich nicht einfach so wünschen konnte. Magisch war etwas, das nicht existierte. Ein Einhorn, ein Drache oder ein Kobold. Das waren Fabelwesen, die nicht in unsere Welt gehörten. Und so war es auch mit der Magie. Magie gehörte nicht hierher. Ich sah auf das dünne Band in meiner Hand und schluckte. Bis vor Kurzem hatte ich das, was mir in den letzten Tagen widerfahren war, auch für unmöglich gehalten. Für magisch. Aber etwas Magisches konnte niemals wahr werden, denn dann wäre es Wirklichkeit und keine Magie mehr. Ich schüttelte mich. Zu viele Gedanken, zu viel, was nicht in den Kopf eines Teenagers gehörte.

»Es kann nicht funktionieren«, sagte ich entschlossen. »Das wäre zu ...« Ich suchte nach den richtigen Worten. »Magisch.«

Elvis und Jala tauschten Blicke aus. »Manchmal macht die Natur eine Ausnahme.« Jala lächelte. »Sieh an dir runter, Liz. Und nun schalte deinen Kopf aus und wünsche es dir. Von Herzen.«

Ich schloss die Augen, dachte nur an Mama und daran, dass ich eine zweite Chance verdient hatte. Ich musste sie wiedersehen, ihr sagen, dass sie immer meine Mutter bleiben würde und dass ich sie über alles liebte. Plötzlich ging alles ganz schnell, ein gewaltiger Lichtstrahl traf auf das Band und zerstörte es. Ich erschrak und sprang ein Stück zurück.

Ein Blitz schlug auf uns nieder. Ein Druck fuhr durch meinen Kopf und alles in mir drin fühlte sich an wie ein explosiver Vulkanausbruch. Ich schrie. Leise und still. Ein Widerspruch? Nein. So fühlte es sich an. Der Schrei blieb mir einfach im Hals stecken. Mir wurde klar, dass Jala recht hatte, manchmal brachte der Verstand uns nicht weit. In diesem Augenblick wusste ich, dass irgendetwas, egal in welcher Form oder Gestalt, über uns wachen musste. Denn irgendjemand hatte mich gerade erhört und für mich diese Ausnahme gemacht, von der Jala geredet hatte. Ein Papier, es war so groß wie ein Briefumschlag, flog in einer gewaltigen Geschwindigkeit auf die Ruine zu.

»Es klappt«, schrie ich freudig. Ich konnte es gar nicht fassen, es war, als habe mir jemand den Verstand geraubt. Aber es würde uns retten.

Jala führte uns gute zwanzig Minuten über die Felder, bis wir tatsächlich vor der Schlucht des Bösen standen. Man erwartete eine schöne Blumenwiese und stand plötzlich vor einem Abgrund. Es war unglaublich, wie in einem schlechten Film. Wir warteten nur kurz, dann sahen wir Schatten in der Ferne. Mein Blick verharrte und ich beobachtete, wie die Punkte immer größer wurden und man menschliche Umrisse erkennen konnte.

Die Freunde

Ich erinnerte mich nicht mehr an den Zeitpunkt, aber irgendwann lasen wir einmal in der Schule ein Buch, auf dem stand: »Vertraue niemandem.«

Ich hielt diesen Satz für dumm, weil es doch immer Menschen gab, denen man glauben konnte. Vertrauen konnte man zu sich selbst haben, zu seinen Eltern, zu seinen Geschwistern, zu seinen Großeltern, zu seinen Tanten und Onkeln, zu seinen Lehrern und Lehrerinnen und zu seinen Freunden! Wenn man ihnen nicht vertrauen konnte, waren sie der Bezeichnung nicht wert.

Die Regeln waren doch wohl einfach. Vertrauen = Freundschaft! Kein Vertrauen = Keine Freundschaft!

Aber mal ganz von Anfang ... Als man nicht nur menschliche Umrisse erkennen konnte, sondern eindeutige Gestalten, zählte ich, dass es drei Männer und drei Frauen waren. Das beunruhigte mich. Obermann!, Tragisch!, Hirgli!, Natalia! und Mama. Das waren fünf. Wer war die dritte Frau?

Ich hörte Stimmen und ich ... ich kannte diese Stimmen. Alle. Der Unbekannten konnte ich ebenfalls eine zuordnen. Es war Carolin, Mamas Freundin! Wieso war sie da? Was wollte sie von uns?

Mein erster Gedanke war, dass sie endlich meinen Hilferuf verstanden hatte und mir helfen wollte. Ich freute mich sehr und wollte auf sie zustürmen, da fiel mir ein, in welcher Begleitung sie sich befand. Mich verunsicherte dann auch noch die Tatsache, dass sie im Gegensatz zu Mama ohne jegliche Fesseln auf uns zulief. Schon von Weitem konnte ich Hirglis schäbiges Lachen hören.

»Hallo Elizabeth. Schön, dass wir dich wiedersehen.« Die Worte zischten auf seiner Zunge, als würde er sich verbrennen, wenn sie an seine Lippen stießen.

Ich ignorierte seine Begrüßung, sondern beobachtete Jala, die gebannt auf Mama sah.

»Liz!« Mama kreischte meinen Namen so hysterisch, wie ich sie noch nie erlebt hatte. »Lassen Sie mich los, Hirgli! Ich will endlich zu meiner Tochter!«

Sie riss an ihrer Fessel und ich wollte auf sie zurennen, aber die Schlucht trennte uns voneinander. Ein Schritt und ich würde im Nichts landen. Als ich in die Dunkelheit, die in der Tiefe lauerte, sah, wurde mir schwindlig und ich musste mich an Elvis festhalten, um nicht das Gleichgewicht zu verlieren. Auch Tragisch lachte böse, als er meine Äußerlichkeiten zur Kenntnis genommen hatte.

»Hübsch, hübsch«, pfiff er und ich machte einen Schritt zurück.

Carolin war noch gar nicht zu Wort gekommen und sah mich nur seltsam an. Ich konnte ihren Blick nicht deuten und dies missfiel mir gewaltig.

»Hilf mir«, formte ich mit den Lippen, aber sie schaute schnell zu Tragisch. Dieser hatte die Aufforderung wahrgenommen und nahm plötzlich zu meinem Entsetzen Carolins Hand.

»Da staunst du, was?« Mit der anderen Hand fuhr er durch sein aschschwarzes Haar.

»Caro?«, fragte ich verwirrt. Welches Spiel wurde hier gespielt?

»Noch einmal möchte ich dich in der Welt der Bösen begrüßen, Elizabeth Jessen«, sagte Hirgli, der sich keine Chance auf Aufmerksamkeit entgehen ließ.

Mama nickte mir zu, als ich sie zweifelnd ansah. Es war also wahr. Carolin und Simon Tragisch waren ein Paar. Es dauerte ein bisschen, bis ein Pling in meinem Kopf die Erinnerungen an den Abend unserer Entführung aufrief. Caro hatte eine SMS von einem Simon bekommen. Es war Simon Tragisch gewesen, mit dem sie geschrieben hatte. Wie konnten wir ihr nur vertrauen?

»Wieso?«, schrie ich. Carolin antwortete nicht, sondern sah mich nur an. Ich meinte sogar etwas Scham in ihren Augen sehen zu können.

»Vielleicht weißt du noch, als ich dir erklärt habe, was das Ziel des Lebens ist«, spottete Hirgli. Mir war sofort bewusst, was er meinte. Wie in einem Film, in dem plötzlich die Worte aus der Vergangenheit erneut abgespielt wurden, war auf einmal alles wieder da.

»Willkommen in der bösen dunklen Welt, mein Kind. Die Erde ist voll mit Menschen, die verstanden haben, was wichtig ist. GELD! Ohne Geld geht nichts. ALLE wollen Geld. Einige vertuschen es. Sie heucheln vor, dass es auf innere Werte ankommt, aber am Ende geht es nur um Äußerlichkeiten und um das Geld. Es tut mir leid, Schätzchen.«

»Das ist es also, was ihr je wolltet?« Ich richtete mich an Carolin. »Du und Julia! Ihr ward genau wie die anderen auf Geld aus, habt Mama und mir vorgeheuchelt, dass ihr unsere Freunde seid.«

Carolin schüttelte ihren Kopf. »Lass Julia aus dem Spiel. Sie weiß überhaupt nichts.«

»Bedeutet dir Freundschaft denn überhaupt nichts?«, schrie ich sie wieder an.

»Freundschaft?!« Carolins Kopf schwoll rot an. »Deine Mutter hat sich immer nur gemeldet, wenn sie Probleme hatte.«

»Du lügst!«, rief Mama. Sie war sehr heiser und ihre Stimme war mir fremd.

»Schluss jetzt!«, sagte Hirgli und ging auf Mama zu. »Wir sind hier nicht versammelt, um alte Geschichten aufzuwühlen, sondern weil du mir etwas geben willst, was mir gehört. Nämlich dich selbst!«

»Reiß dich zusammen! Reiß dich verdammt noch mal zusammen«, sagte meine innere Stimme.

»Sie bekommen mich, aber dafür geben Sie meiner Mutter die Freiheit«, sagte ich überzeugt. Hirgli nickte.

»Dann kommen Sie hierher und geben Sie mir die Hand.« Verwirrt sah er mich an. »Ohne einen Handschlag, der bestätigt, dass ein fairer Tausch, welcher von beiden Seiten eingehalten wird, stattfindet, tue ich überhaupt nichts.« Wir mussten Zeit gewinnen. So war es mit Jala und Elvis abgemacht.

Die beiden hatten sich geschickt im Hintergrund gehalten, um im Notfall eingreifen zu können. Hirgli kam misstrauisch auf mich zu und ich streckte meine Hand aus.

»LIZ!!! NEIN!«, schrie Mama.

Als er meine Hand ergreifen wollte, zog ich sie blitzschnell weg.

»Was sagt mir, dass Sie den Handschlag ernst nehmen und meine Mutter gehen lassen?.«

Hirgli grinste spöttisch. »Das Ehrenwort eines Ehrenmannes«, sagte er.

»Ehrenmann?« Ich hob eine Augenbraue an.

»Komm rüber. Dann darfst du sie befreien.«

Einerseits wollte ich rüberkommen, aber wenn Hirgli mich angreifen würde ...

»Okay«, sagte ich entschlossen.

Hirgli war überrascht, aber machte mir Platz. Bevor ich zum Sprung ansetzten konnte, kam Jala angerannt und stürzte sich auf mich. »Halt, Liz. Das ist eine Falle.«

Sie schien nicht darüber nachgedacht zu haben, sich einfach zu zeigen. Auch Hirgli führte eine unüberlegte Handlung aus. Er griff sich an den Gürtel und zog einen Pfeil hervor. Diesen spannte er rasch auf einen Bogen und ...

Ich hielt den Atem an. Blut spritzte mir ins Gesicht und ich schlug mit der Hand vor den Mund. »NEIN!« Meine Stimme echote mehrmals und überschlug sich. Hastig stürmte ich auf Jala zu, die am Bauch getroffen war.

»Jemand muss ihr helfen«, hörte ich mich selbst rufen, aber dieser Jemand kam nicht. Elvis kniete sich neben mich. Er griff nach meiner Hand, aber ich schlug panisch um mich. »Jala, hörst du mich?«

Sie wisperte etwas, aber ich konnte es nicht verstehen.

»Bleib bei mir, hörst du? Geh nicht!« Mir tat alles weh.

Als würde plötzlich jemand neben mir stehen und mir ins Ohr flüstern, dass mein Flehen umsonst war, wusste ich auf einmal, dass sie sterben würde. Der Pfeil hatte ihr Fleisch durchbohrt und der Tod hatte sie geholt. Das Blut sickerte über den Boden ins Gras und ihr Gesicht war starr. Ihr Körper war ganz schlaff und ich dachte an Nille. Er hatte genauso regungslos dagelegen.

»Sie werden büßen.« Die Worte drangen aus meinem Mund. Ich ließ die Tasche fallen und stürmte auf den Abgrund zu.

Während ich den Boden unter den *Pfoten* verlor, merkte ich, dass meine Pfoten gar keine Pfoten mehr waren, sondern Füße! Mir waren wieder Füße gewachsen. Schockiert und verwirrt zugleich sah ich, wie der Schwung nicht mehr reichte und ich verstand, dass meine HÄNDE es nicht mehr bis zum gegenüberliegenden Rand schaffen würden. Man hatte mir nicht nur meine Pfoten genommen, sondern auch die Fähigkeit zu springen. »Hilfe«, krächzte ich. Mir blieben nur wenige Millisekunden, bis der Tod auch mich einholen würde. Ich spürte nichts mehr!

Mein Kopf lag auf etwas Kaltem, aber meine Beine waren sehr warm. War ich tot? Die Augen geschlossen, lag ich einfach da und träumte von (manchmal sind es ja genau in solchen Situationen die verrücktesten Dinge) kalter Schokolade. Sah so der Tod aus? Wo war das helle Licht, das man angeblich sehen würde, wo die schöne Musik? Gab es tatsächlich Hades, der mich gleich abholen und in die Unterwelt führen würde? War er der Schatten, der sich auf mich zubewegte? Ich schlug die Augen auf. Das Kalte, auf dem mein Kopf lag, war Schnee. Das Warme auf meinem Bein Blut. Konnte man noch bluten, wenn man tot war? Nein! Ich war nicht tot. Arme, Beine, Kopf, zählte ich.

Jedes Glied an meinem Körper war noch da und der Schatten war Cornelius Obermann.

»Alles okay. Sie lebt«, sagte er. Ich lebte. Tja. Da hatte ich wohl richtig gehört. Langsam kam meine Erinnerung wieder.

»Lizzzzzyyy.« Mama!

Ich hob den Kopf und sah in Hirglis funkelnde Augen.

»Wo ist sie? Wo ist Jala?«, zischte ich.

»Willst du nicht erst einmal Danke sagen? Schließlich haben wir dich von dem Ast aus der Schlucht geangelt.«

Damit war erklärt, weshalb ich noch lebte.

»WO IST JALA?«, wiederholte ich.

Da sah ich sie. Dies hatte ich nicht geträumt. Sie war tot. Meine Energie kam wieder, ich sprang auf und rannte auf Hirgli zu, packte ihn, nutzte seine Verwirrung aus und war ihm deshalb für einige Sekunden tatsächlich überlegen. Diese verwendete ich dazu, ihn zu der Schlucht zu katapultieren. Er fiel um und landete einen halben Meter davon entfernt. Alle sahen mich entsetzt an, sogar Mama.

»Liz! Stopp!« Als Tragisch auf uns zulaufen wollte, sah ich ihn drohend an und deutete auf den in der Klemme steckenden Hirgli.

»Ein Schritt und er ist tot.« Beim Anblick des panischen Hirgli machte Tragisch kehrt und stellte sich neben Caro.

»Tu es nicht, Liz.« Mama sah mich bittend an. »Er ist es nicht wert, dass du seinetwegen so etwas tust.«

»Er hat Jala getötet und nun werde ich ihn töten.« In meinem Blick lag einfach nur Verachtung.

»Sie werden büßen, Hirgli!«, wiederholte ich. Einen Pfeil in der Hand haltend, sah ich ihn an. Er wusste, dass ich ihn mit einer Handbewegung vernichten konnte und regte sich nicht.

»Bitte! Wir können darüber reden. Ich lasse euch für immer in Ruhe.«

»Das hätten Sie sich überlegen müssen, bevor Sie mir nahmen, was mir lieb ist.«

Ich zögerte einige Sekunden zu viel, denn plötzlich packte mich jemand von hinten und schubste mich zur Seite.

Es war Obermann. Statt Hirgli gehen zu lassen, hielt er ihn am Kragen seines Mantels fest und ließ mich auf allen vieren zu Mama kriechen.

»Deine Mutter hat recht, Liz«, sagte Obermann. »Dieser Mann ist es wirklich nicht wert. Menschen wie er nahmen nicht nur dir dein Lebensglück, sondern mir und meiner Familie.«

Ich sah ihn verständnislos an.

»Binde Sarah los«, sagte er trocken zu Tragisch.

Dieser gehorchte und Mama fiel mir in die Arme. Ich hielt sie fest und Obermann sah uns traurig lächelnd an. »Jemand nahm mir meinen Bruder. Als meine Mutter damals genau wie deine auf der Straße lebte, wurde auch sie von einem geldgierigen Mann aufgegabelt, der ihr eine Zukunft versprach. Er nahm sie mit und operierte in sie eines von vier Hundeembryonen ein. Ja, du hörst richtig. Hirgli war nicht der erste Fanatiker, der sich gottesgleich fühlte, wenn er den Schöpfer spielte und Tier und Mensch auf erbärmlichste Weise verband.«

Mir blieb mein Herz fast stehen.

»Auch bei dieser Operation starben drei unschuldige Frauen samt ihrer Sternenkinder, aber meine Mutter war die von einer gütigen Nachtsängerin Ausgewählte. Sie verriet uns ihren Namen nicht, kam, sang das verhängnisvolle Lied und schenkte meinem Bruder und meiner Mutter das Leben. Jedoch ging sie danach fort und wir trafen sie erst viele Jahre später durch einen Zufall wieder. Sie verzauberte meinen Bruder Cem in seine ursprüngliche Gestalt und zog weiter.« Er machte kurz Pause und sah mich an.

Ich war zu geschockt, um etwas zu sagen, und wartete bis er weitersprach.

»Cem litt unter seinem Aussehen so, dass er eines Tages weglief und nicht mehr heimkehrte. Seitdem haben wir ihn nicht mehr gesehen. Das Letzte, was er uns sagte, war, dass er eine Nachtsängerin suchen würde, die ihn zurück zum Menschen machen würde. Erst dann wolle er uns wieder unter die Augen treten.«

»Cem?«, fragte ich.

Obermann nickte, und als ich Natalia musterte, sah ich, dass ihr die Tränen die Wange hinunterliefen.

»Elvis?«, rief ich aufgeregt. Er verstand sofort und pfiff dreimal laut. Aus dem Gebüsch stürmte Cem. Natalia und Obermann erkannten ihn sofort, aber nur Natalia lief auf ihn zu.

»Es tut mir leid, dass ich euch gefangen halten musste, aber ich brauchte ebenso das Lied wie Hirgli. Allerdings für einen anderen Zweck.«

Hirgli, der noch am Boden lag, stöhnte. »Das wollte ich doch nicht.«

Obermann zeigte kein Erbarmen. »Wenn ich dich nun hinunterstürze ...«

»Nein, bitte, nein!«

Carolin schlug wieder mit der Hand vor den Mund. »Cornelius, mach keinen Mist.«

»Halt die Klappe. Du bist doch genauso wie die«, fauchte er ihr zu.

Er ließ Hirglis Kragen los. Schnell rettete sich der Verzweifelte. Ich sah zu Obermann. Nun ging auch er gerührt auf Cem zu und ... er sah zu Mama.

»Du musst singen«, sagte ich zu ihr.

Mama nickte und begann das schöne Lied zu singen.

Man konnte Hirgli förmlich anmerken, dass er am liebsten gleich zu Papier und Stift gegriffen hätte.

Als der letzte Ton verklungen war, sah ich an mir herunter. Ich hatte weder einen Schwanz noch Pfoten bekommen. Auch meine Ohren und meine Nase waren wie vorher.

»Was ist geschehen?« Ich sah mich fragend um.

Obermann, der bei meiner Nicht-Verwandlung ebenfalls stutzig geworden war, überlegte.

»Sarah? Sage noch einmal die letzten Sätze des Liedes!«, forderte er sie auf.

Mama wiederholte den Text.

»Der Gesang, der durch die Lüfte schallt,

der dir zeigt, wer du sein kannst und wer du bist.
Wenn der Magieursprung erlischt,
dann bist du wieder für immer duuuuuuuuu.«

Ich wusste nicht, wer es zuerst verstand, Obermann oder ich. Wenn der Magieursprung erlischt, dann bist du wieder für immer du! Jala war tot. Sie war mein Magieursprung gewesen. Nun war ich wieder Mensch! Ich schluckte. Erst Nille, dann Jala! Die Zeit mit ihnen war nur so kurz gewesen. Wie aus heiterem Himmel kam auf einmal Bewegung in Hirgli. Er schlug wild um sich herum.

»Ich bin der Schaffer. Ich bin dein Ursprung. Nicht das Vieh, sondern ICH. ICH habe Elizabeth erschaffen.«

Voller Zorn rannte er auf mich zu und wollte mich packen, aber ich machte einen schnellen Schritt nach rechts. Damit schien er nicht gerechnet zu haben, denn er stolperte und fiel genau in die Schlucht des Bösen.

»Sie hat also tatsächlich ihren Dienst getan«, sagte Carolin und lächelte Mama verlegen an. Mama aber verzog keine Miene.

»Verzeih mir doch, Sarah. Ich wollte euch nicht verletzen, aber Simon und ich ...«

»Geh und lass dich nie mehr blicken«, sagte Mama nur.

Du willst sie einfach gehen lassen, wollte ich fragen, aber ich hatte das Gefühl, dass Mama wusste, was das Richtige war. Carolin sagte nichts, sondern ging schnell zu Simon zurück.

»Leb wohl«, sagte sie, und die beiden verschwanden so schnell sie konnten. Ich konnte das alles nicht fassen und schnappte nach Luft.

»Ist jetzt alles vorbei?« Jalas toter Leib zeigte mir, wie vorbei alles war, wie endgültig der Tod. Aber ich würde sie im Herzen festhalten. Für immer und ewig.

Ende gut, alles gut

Der Schnee hatte nachgelassen, aber trotzdem war es sehr kalt. Ich schlug die Augen auf und wusste nicht, wo ich mich befand. Erst beim genauen Hinsehen war mir klar, dass ich zuhause war. Endlich!
Ich erinnerte mich daran, wie ich vor einigen Wochen das Haus verlassen hatte und mir noch nicht klar war, welches Abenteuer auf mich zukommen würde. Ich war froh, über meine Herkunft aufgeklärt zu sein, aber Jala fehlte mir.

Der Tod war schon etwas Seltsames. Bevor ich von Jala wusste, hatte ich nie etwas vermisst und nun war ein Loch in meinem Herzen. Mama hatte mich lange im Arm gehalten. Es war anders als bei Jala. Wenn ich meinen Kopf in ihr Fell gepresst hatte, dann fühlte ich Zuneigung, aber bei Mama kribbelte mein ganzer Bauch. Sie hatte mich geboren und uns verbanden immerhin mehr als vierzehn Jahre gemeinsamen Lebens.

»Kommst du?«, hörte ich sie rufen.

Ich sprang aus dem Bett. Als ich aus dem Fenster schaute, sah ich die restlichen Weihnachtsdekorationen. Irgendwer hatte am Ende der Straße schon den Tannenbaum vors Haus gestellt.

»Ja, ich komme«, antwortete ich, während ich schon die Tür aufriss. Wenige Sekunden später ließ ich mich auf den Stuhl plumpsen und atmete den Geruch von Spiegeleiern ein.

»Lecker«, hauchte ich Mama entgegen.

Sie hatte ihre Haare schön zu einem Seitenkopf geflochten und trug ein hübsches Winterkleid. Ich war wahnsinnig stolz, eine so junge und tolle Mutter zu haben.

»Ich hab dich lieb«, flüsterte ich.

Mama strich mir über den Kopf. »Lass es dir schmecken.«

Während ich den Geschmack auf meiner Zunge genoss, hörte ich Mama aufmerksam zu. Sie sagte mir, wie froh sie sei, dass sie mich hatte. Ich lächelte glücklich, denn auch die zerbrochene Freundschaft zu Carolin hatte sie nicht unterkriegen lassen. Ob sie ihr verzieh? Tief in ihrem Inneren? Empfand sie nur Abneigung oder war es Hass? Ich erinnerte mich sofort an den Blick, den sie Caro zugeworfen hatte.

»Geh und lass dich nicht mehr blicken«, hämmerte es in meinem Kopf.

Ich beneidete sie um ihre ruhige Art. Selbst wenn sie sehr enttäuscht war, blieb sie beherrscht.

Hass war etwas Unmenschliches, fand ich. Man konnte einen Lehrer oder eine Lehrerin blöd finden, sich über eine verhauene Arbeit ärgern und den Klassenkameraden, der einen immer beim Abschreiben verpetzte, nicht ausstehen, aber konnte man einen Menschen einfach so hassen? Einfach so sicherlich nicht. Dazu musste etwas Unbeschreibliches geschehen. Allerdings konnte ich verstehen, wenn Menschen den Mörder oder Peiniger ihrer Kinder hassten. Das war etwas anderes. Aber wozu gehörte das Verhalten Carolins?

Ich dachte an Elvis. Er war, nachdem Mama und ich beschlossen hatten, sofort heimzukehren, wieder auf die Straße gegangen.

»Ich werde auf meinen Vater warten«, hatte er gesagt und ich musste ihm versprechen, jeden Abend für diesen zu beten.

Ob Elvis ihn eines Tages wiedersehen würde? Ich hoffte es sehr. Obermann und Natalia waren mit Cem in die Nähe von Elvis gezogen und hatten ihm angeboten, bei ihnen zu wohnen.

»Wenn es hart auf hart kommt...«, waren Elvis' Worte gewesen und ich hatte geschmunzelt. Wie sollte Elvis denn unter einem Dach schlafen? Er musste doch immer den Stern sehen, den sein Vater ihm schickte. Nein! Elvis war ein Junge der Freiheit.

»Noch ein Ei?«, fragte Mama.

Ich schüttelte den Kopf.

»Ich möchte gleich dem Pastor schreiben, der mir das verwunschene Armband geschenkt hat.« Noch gestern Abend im Bett hatte ich die Adresse der Kirche aus dem Internet herausgesucht.

»Gute Idee.« Mama nahm sich einen Toast und nickte mir zu.

Kurze Zeit später ging ich nach oben und setzte mich an meinen Schreibtisch. Ich musste kaum überlegen und begann ordentlich zu schreiben.

Nachdem ich ihm die dramatischen Ereignisse geschildert hatte, schloss ich mit den Worten:

Nun bin ich wieder mit meiner Mutter zu Hause. Ich hoffe, wir können endlich ein neues Leben ohne Geheimnisse starten. Geheimnisse sind nämlich etwas Seltsames. Es ist schön, welche zu haben, aber manchmal sollte man sie wirklich mit jemandem teilen.

Das tut gut. Ich bin jedenfalls sehr froh, Sie kennengelernt zu haben und Ihnen mein Geheimnis anvertraut zu haben. Ich bin mir sicher, dass es bei Ihnen und Gott in sicheren Händen ist.

Vielen Dank für alles. Ihre Elizabeth Jessen

Mir kullerten die Tränen auf das Blatt Papier und ich beschloss, es schnell in einen Umschlag zu tun, bevor die Feuchtigkeit meine Schrift unleserlich machte.

Ich adressierte die Vorderseite und brachte das Schreiben zum Briefkasten. Als ich wiederkam, saß Mama mit einem Buch auf dem Sofa und winkte mich zu sich.

»Lass uns doch zusammen lesen«, schlug sie vor.

Ich eilte in mein Zimmer und holte das Buch, das ich bislang immer vor Mama versteckt gehalten hatte. Sie warf mir nur einen gespielt mahnenden Blick zu und versank wieder im Lesen. Auch ich wurde sofort in den Bann der Buchstaben gezogen und war neugierig darauf, wie es für Olivia und Thomas weitergehen würde.

Ich hoffte sehr auf ein Happy End, denn ist es nicht das, was wir alle am Ende eines Buches wollen? Schleichen wir uns nicht oft in die Welt der Figuren, um aus unserer zu entkommen?

Die Autorin

Antonia C. Wesseling, 1999 in Duisburg geboren, ist in allen Genres zu Hause. Mit *Die Schablone. Ein stiller Thriller* erschien 2015 ihr erster Roman innerhalb des Projekts *Fantasygirls*, weitere werden folgen. Antonia ist zudem begeisterte Leserin und auf Youtube als Rezensentin aktiv.

Printed in Poland
by Amazon Fulfillment
Poland Sp. z o.o., Wrocław

58024920R00129